朱西甯作品集 9

加減乘除

朱西甯 著

目錄

第一號隧道 005
等待一個女人 029
祖與孫 065
加減乘除 081
約克夏和盤克夏 101
晴時多雲 127
現在幾點鐘 155
附錄
朱西甯的現代主義轉折（評介）／陳芳明 216
朱西甯作品出版年表 240

第一號隧道

上行列車在山連山和谷連谷之間穿行。

鐵路是逢山開山，逢水搭橋，串聯着多少個長的短的山洞，頭頭是道，鐵軌在地面上隱了又現了，類似裁縫師們叫做假縫的那種針法。

隧道把長長的列車吐完，臢下空虛的洞，應該有一口黑牙齒的嘴巴，兜圓了，吐着不成形的煙圈兒。

這一段鐵路上的隧道之多、之頻繁，是頗為叫人心煩的，就彷彿傍着一個鼾聲雷動的傢伙睡覺，把人騷擾得沒法兒安枕；一聲偃息了，得愣等着下一聲再打起的呼嚕。

儘管一口氣進進出出經過十多個害人吃煙的山洞，但是列車每一闖進隧道，人仍不免眼前一黑，撞進一垛牆壁似的吃一個蹭蹬，然後再像推出午門一樣，刺眼的陽光，却沒有重見天日的那種鬆暢。隧道還有的是呢。

穿香芸紗的婦人

至于窒人的煤煙，便不消說了。

「把人憋死了！」

穿香芸紗的婦人每當出得隧道，就長舒一口氣，搧起手絹這麼說，一次一次的。

婦人上車時，找座位老遠就看到這兒有一個空，倒覺得有些不解，附近有人寧可站在那兒，好大的眼睛嗎?可不是並沒等她趕到跟前來，就已明白了。

婦人掂掂手裏松鶴印花的包袱。不要不要的，阿秀還又塞進磚頭那末沉的鹹粽，趕過一座天橋就把指頭勒紅了——管你是誰！婦人坐下來，包袱放在腿上，伸縮了兩下指頭，火火的感覺。指頭不單是勒紅了，簡直紅裏泛些青紫。

同座的是個外國兵，沒有人肯坐過來，寧可空在那兒。如果這個兵不是穿着軍服，打他膚色和面貌上幾乎看不出是個外國人。總是那個樣子罷，婦人避開臉不要看，反正一律都是那末高人一等的傢伙。

「把人憋死了嘞！」婦人搧着剛從鼻子上拿下的手絹，舒很長的一口氣。已經過了將近十座隧道了，這個穿一身香芸紗的婦人，約莫也重複將近十次這樣的機械運動。

「只纔一個山洞了。」坐在對面的青年人說。

「還有啊？」

「只纔一個了——最長的一個。」青年人倒像在替鐵路局道歉。

「要命！」

婦人無意識的提提膝上的包袱，望着這個穿鐵路員工制服的青年人。他換了一個姿勢，蜷起一條腿，再伸直另一隻，又閉上眼了。似乎一上車就見這人處于昏迷狀態，翹着一下巴該刮的短髫楂。年輕人哪，真貪睡！不相信就能睡得着。

「也沒人管！」婦人說。

誰知道她這是甚麼意思呢？不知道指的甚麼。

青年人重又張開不大有神的眼睛望望婦人，在他重又閉目之前，他是不很經意的瞥過去一眼，沒有在外國兵的身上停留，只算經過一下，主要的興趣大約還是他右邊那個一直凝視着窗外的大女孩。

車窗外面沒有甚麼好看的，窗玻璃上從山洞裏帶出來的蒸氣大部分都還沒有化散。那末大的女孩單身出門總是這樣的，以為不去看人，就可以沒有人看她。女孩也不是發育不良，滾圓而白，胸給不知有多緊的內衣箍平了而已。

「甚麼都省，連燈也省了，」婦人喃喃的望着車頂的白磁燈。「查票怎麼就不省？也沒人管。」嘴角裏咬緊了一小撮惱恨。

火車又嗚笛了，本是一種離別的蒼涼，在這一段多隧道的里程裏則應該例外。又要捉弄人了。那種嗚笛，該是一陣陣磔磔的嘲笑。人又被一下子推搡到不見天日的牆壁裏，人忽然瞎了似的。

車輪是悶在一口大甕子裏嗡嗡的敲打。車窗開始索索顫動，那便是雷動的鼾聲裏又摻進銼牙甚麼的。如果人要故意去感覺火車並沒有前進，只是停着在顫抖，那是可以的，彷彿真就是那樣。人會無來由錯覺的疑怖起來，黑得像被吞進鯨魚的肚腹；也是可以這樣的去感覺，假設在等着鯨魚的腸胃慢慢慢慢把自己消化掉。

在透黑透黑的等待裏，嘖——的一聲，屬于吸吮的、咂嘴的響聲。人們——穿香芸紗的婦人相信不止她一個人——聽到，而且立刻知道那是一聲很響的親嘴。

怎會那末響呢？真要死！要不是臉皮厚到那般地步，生恐人家聽不到，便一定是不當心把聲音走漏得意外的那末響，也或者黑裏湊不準，車身又顛動着，就不免失掉控制……。總不外是這些罷；然而立刻又是驚人的一聲，好脆好亮的耳摑，打得夠重的。

穿香芸紗的婦人相信沒有誰比她更迅速的明白這是怎樣一回事。第一聲，她便確定斜對面的那個靠窗的女孩子被輕薄了；一點兒不會錯，方向和距離在她的聽覺上無可懷疑。

而那會是誰輕薄了這個單身出門的女孩呢？總不出臉前這兩個鬼；對面穿鐵路制服的青年人，一直都在昏迷不醒。但他自然可以裝睡，又說過這是最後一座山洞，最長的一座山洞。至于身旁這個可惡的外國兵，當然更做得出，跟女孩面對面，一探身就成了。在婦人還不曾確定到底是兩者之中哪一位幹的好事的時候，緊跟着就是很重很響的那一記耳摑，這一下中年婦人可就有數了；這個外國兵不要想賴得掉，別人也許還弄不清楚，她是知道的，不光是那一記耳摑的響處，而且她感覺到耳摑搧過來的拉下微微的那一陣風兒。

仍然是車輪悶在大甕子裏嗡嗡的敲打，仍然是車窗索索顫動。這座第一號隧道確實如穿鐵路制服的青年人說的，它是最長的一座山洞，空氣幾乎全被窒人的煤煙所替代了。

急于要看看外國兵臉上的手指印子。一定惱怒的不得了，婦人十分躭心這種一貫在中國人臉上蓋手指印子的外國兵，不要又還給女孩一掌罷，或者不止一掌。她忘不了的，許久之前，她的一個小兒子，十三歲，倒有多大啊，一星星一星星的小事，牙縫兒也塞得進的，但把一個軍曹給得罪了，當場就下辣手，給摔得滿口是血，哪一國的兵士也沒有那樣沒有出息的，毒打一個小孩子。

穿香芸紗的婦人急于要看看外國兵臉上的手指印子，而且更急于要看看那個倒是叫人覺得了不起的女孩子。

車滯在黑裏和濃濃的煤煙裏。真是最長的隧道。

外國兵一直沒還手，婦人一直在聽覺上躭心着。那個叫人起敬的烈性女孩，一定長的並不怎麼出眾，要不然，斜對臉兒坐有這麼久，她不會一點兒也想不起女孩的長相。也或許穿着太平常，又那末畏畏縮縮擠在一個不惹眼的小角落兒裏。她不曾多看一眼，人真是不可貌相，一個單身出門的女孩，貌不出眾，倒是做出出眾的事，那一掌打得不輕，叫人暗暗喝采。黑裏甚麼也看不見，婦人衝着外國兵這邊啞聲的嘲笑了，挺誇張的嘲笑，鼻子上打皺，肥厚的嘴唇也扯得不能再長，忽然覺得自己成了小孩子。

聽那一聲打得真夠狠，居然拉一陣風。要不就是個出力氣的鄉下姑娘，要不就是打網球的女學生，像她那個姨甥女，左撇子，左臂比右臂粗得一眼就看出來。

火車可也闖出隧道了，眼前貿然一亮，如同謎底一下子揭開；女孩正在定定的望着她對面的外國兵，既非鄉下姑娘土氣的樣子，除掉髮式也不像個女學生的打扮，不用再看兩隻小胳膊是否一樣粗細了，倒像個小店員，但也不十分確定，年歲似乎小了些。

婦人來不及的要看看外國兵捱揍之後是副甚麼樣子。她往左側瞟了一眼，沒敢太突兀，只是偷偷的睨過去，僵着脖子，好像夜睡空了枕。

那是一張好長的側臉，軍帽掛在車窗上，鐘擺一樣的搖擺着。兵士的前額上有一道太陽晒過和沒有晒到的界線，非常分明的痕跡，好像原曾打那裏切開過，後來又按上了。

婦人雖只看得到這兵士的半邊臉，仍然看得出那上面經過了一場變動，兵士眼睛直直的瞪住對面的女孩。

真該說他是個傻兵，唯恐人家不知道他捱了揍似的，手居然抬起來，摀到捱了耳摑的那邊左頰上。裝做沒有那回事也就罷了。

周遭的人們，看得出的有些騷動，也聽得出一些竊竊的私語。兵士的手仍然停在頰上摩挲着。

女孩實在生得很纖細，會有那末厲害的手勁兒麼？想必生的一隻斷掌，男左女右，就該是那隻右手，打得死人的，活該這個沒出息的外國兵給碰上了，也是個教訓；誰叫他們吃定了中國人，捏扁了圓不起來的。捏嘛！打得好！婦人狠狠捏一把腿上的花包袱，發現香芸紗褲管上，靠近膝蓋那兒有些磨紅了。

唯一沒有理會這回事的，大約只有對面穿鐵路制服的這個青年人。瞧他合合眼的工夫，就睡得那末死，唾液打一邊嘴角掛下來，很粘韌的質料，垂下來又長又細，底端呈珠狀，隨着車身微微的盪着而不中斷。

那個女孩重又眺望車窗外面的景色，留的童髮頭，一排流蘇在窗風裏飛揚着，小鼻子小嘴的，了不起的女孩！換上別個，就算是個老臉皮厚的婦人家，黑裏給輕薄了那一下，未必就有膽子回那一巴掌，多半是認了，反正也沒有誰看到。

而也不一定就是那樣。穿香芸紗的婦人拿自己比了比，嘴角上牽動起一絲兒不易察覺的笑意。要死！只怕那末一慌，就把甚麼都忘了，哪還想起來抽過去一巴掌！

這就越發覺着那個女孩不單是有膽有識，還真夠沉得住氣。瞧那張挺討喜的側臉，愣愣的一下下咬着小嘴唇，甚麼意思呢？那末樣冒冒失失碰上從沒經驗過的壞事，該給吓昏了，而剛出山洞的那一刻，只見她定定的盯着這個外國兵，小尖臉上看不出甚麼經過驚吓的神色。除非這女孩已經不怎麼乾淨——這不大使婦人相信；要就是人碰到那樣的意外，天生就有意想不到的能耐去對付。因為太意外了，這女孩也許反而不相信自己曾是那樣意想不到的了不起。此刻留給她的恐怕只是小嘴唇上的一點不尋常，甚至根本就不懂得那是怎麼一回事的感覺，傻丫頭，傻丫頭！

當然，傻不傻的，傻丫頭還算有分傻運氣，碰上這麼個外國兵。黑裏甚麼也看不見，婦人一直用耳朵躭心。外國兵不是饒人的貨。親一親，換一摑，不說公平交易，總是不蝕不賺。要是斤斤較量的話，捱摑的似乎要比捱親的稍佔些便宜，慣常是這樣子，男人家臉子厚，經得打，也經得羞的。但是外國兵不能這麼講，見人總得高一等。火車出得山洞，穿香芸紗的婦人舒一口氣，耳朵緊張得繃痠了，這才鬆下來。不是這樣就算了罷，婦人還在不放心的瞟瞟外國兵又瞟瞟那女孩，誰也說不定突然之間會怎麼樣，譬如那隻搗在臉頰上的手，揮過去就是一巴掌；譬如一把揪住女孩的童髮頭摔她一個踉蹌；譬如嗤啦一聲撕裂她衣裳，這都不算甚麼驚天動地，如同常人隨便給一脚，只不過因為那條小狗不大識相。在沒有中國兵的中國土地上，中國人可以吃到最便宜的拳和脚，這都很尋常了。而這個外國兵居然吃到中國人的耳摑，且是中國女孩的斷掌，居然吃得很合胃口的樣子，那個高顴骨上甚至隱現着一絲兒笑意。婦人不大相信自己的眼睛，但又堅信絕對沒有看走了眼，那遍顴骨微微的凸起，人在滿意的時候便是那樣；他是一直看着對面的女孩，幾乎是含笑的看着，這就是傻丫頭的傻運氣；打了一個人，而且是一個純粹的外國兵。

但是把這麼一個外國兵當作一個人，穿香芸紗的婦人倒又不甘心起來。果真是個人的話，就做不出那種不要臉的歹事，欺負一個單身出門的小姑娘，又是在黑地裏，真是沒有出息到頂了；這和毒打她十三歲的小兒子一樣的不是人。

婦人又狠狠的瞪一眼那張老長老長的半邊臉。

她在那上面發現一根綿羊鼻子，鼻樑中段那裏凸起骨楞子，一副寡情薄義的歹相。要說這些外國兵跟中國人到底有甚麼兩樣，穿香芸紗的婦人只知道一眼便看得出，就只是說不出。不光是那身老虎皮，縱使扒光了也認出的，要末就是臉比中國人長一些，還有那根骨骨楞楞的鼻子。當然他還不了手的，女孩打的是他理虧，一車的中國人，他倒敢怎麼樣？拿不下臉來倒是真的。

松鶴印花包袱把腿壓麻了，真是千里不販粗。婦人望了一眼車地板，髒得像雞籠一樣。都是阿秀啦，弄得抱一堆磚頭也沒有這麼沉。行李架上倒是放得下，可是要放早就放上去了。婦人拉拉香芸紗的衣襟。香芸紗的料子就興這麼短這麼肥嘛，涼快是涼快，就是忌諱往高處搆個甚麼東西，一不當心就甚麼都給人家瞧了去。

下車還早着，婦人倒想找那個女孩幫幫忙，替她把包袱搡到行李架上去。打人有勁兒，想必這麼沉的包袱也費不了她多少力氣。

婦人又想起女孩那隻挺狠的手。

果真生的是斷掌紋，那可打得死人的，似乎去世的阿婆講過，老年間，斷掌紋打死人，大清律不判償命的。要破斷掌紋的凶氣，就得用那隻手把一隻鷄子活活打死，往後才免得掉失手闖禍。

那就對了；想必這個外國兵嚐出斷掌紋的滋味了罷？不敢還手是有道理的了。還說他像個人呢！沒有那樣好的事情。

婦人仰臉望望車頂。

誰知道車燈不亮是省的甚麼勁兒！省的好，省來一個耳摑罷！

回到家要趕快讓小兒子知道，有個了不起的小姐姐替他出了氣了。

真是有得說的，有一種滿載而歸的愉快；而這分愉快可不是松鶴印花的包袱所能裝得下的。

火車停在這個婦人從不曾下過車的車站。

這個穿香芸紗的婦人沒有扳起指頭數，但是摟在印花包袱上的手指痙攣似的伸屈着，數數還有幾多站才下車。

吃耳摑的伍長

火車鑽進最後一座隧道，也是最長的一座隧道——那個鐵路職工說的，這位伍長忽然想到，火車這樣子穿進穿出在隧道接連着隧道之間，倒像在「尺八」管子裏行駛，明一陣，暗一陣；暗一陣，又明一陣。中隊部裏成立了尺八俱樂部，今晚上的練習時間不知能不能趕上。手插在馬褲口袋裏，不覺間一伸一屈的用指頭算算還有幾小時。

黑地裏，忽然面前發出挺古怪的咂嘴的響聲。那末清脆的響聲，他聽見了，有那樣賣力的「口付」！

這個伍長立刻就想到傍着女孩的那個鐵路職工。兜臉的鬍樁子，鐵路局愈來愈把紀律廢弛了。乘着黑暗，居然吮起旅客。懦怯的支那人！一上車便佯裝着瞌睡，可見……但是唰的一掌摑上來，他被打愣了，愣上許久，許久。

還不曾明白，這一掌是打到自己臉上來了麼？很不可以的。手貼在捱打的頰上，一再的盤問着自己，這是捱打了麼？很重的一下，他想到那個支那職工一直在佯裝着睡不醒的樣子，可見是早有預謀要在最長的一座隧道裏口付那個少女，而就在這時，莫名其妙的飛來一掌，甚麼道理？好像不准他那末想，馬鹿！

不會錯的，在夜暗裏辨識音響方向，他受過夜戰訓練。不必說這樣近的距離，錯不了，分明是對面稍偏一些的位置。想像着，生一下巴短鬍槎子的那個鐵路職工，用挺快的身手，把那姑娘攬肩摟過去，那末強迫的唡——姑且不管唡在哪兒罷，總是一種強迫的侵犯。

怎麼可以！

而那位怯怯的姑娘——對的，必是本能的飛出一掌……然而不是這樣，那一掌不該落到自己臉上來。

手撫在左邊面頰上，這位伍長費心的設想着，瞪起一對甚麼也看不到的眼睛，設想面前一個一個的位置，設想甚麼樣的動作連接着甚麼樣的動作。

一直怯怯的躲在犄角裏的姑娘，必是沒有那樣神速的反應；分明那太唐突，她不知道該怎麼辦，本能的掙扎是一定的了，那鬍楂子是頗為扎人的。即使不是那樣罷，一個單單純純的小處女，萬不能那末馴服，一定是拼命的掙扎，而且一定又害怕掙扎出甚麼動靜，于是可惡的那個職工放手了；實際上已經得到他要要的，還需要甚麼呢？還需要一耳摑麼？好狡獪的支那人！這就不難明白，佔了便宜之後，嫁禍于人。

那是預謀；要使那個姑娘誤以為吮她的是另外一個人，必然就需要狡獪的預謀，用一種方向上的錯覺，那也不是困難的事。

明白了，伍長跟自己說。在他自認已經明白怎麼一回事的同時，列車也正把隧道甩掉，人的視覺上一下子揭去了不知多厚多厚的黑翳。一切都真相大白了。

剛一恢復視覺，伍長第一眼就落在斜對面那個鐵路職工的身上，多少狠毒和激憤，屬于考慮都不考慮而就要動手鑾幹的一種衝動。

動手鑾幹麼？狡獪的鐵路職工昏迷不醒的睡着，兜滿一圈短髫樁子的嘴巴，張開在那兒好似一座隧道。

可惡的支那人，多會佯裝啊！這是一個不易統治的民族，心計太險太刁了。

伍長的目光剛移過來，便發現對面那姑娘正在深深的直視着自己。劉海覆蓋着一對大得窘人的眼睛，他相信，她一直都在瞅住自己，從火車剛逃出山洞那一刻起。

他就立刻意識到，他的國家裏，女孩子若有這樣的一對眼睛，那是要犯天條的。可以比喻說，最後的一座隧道之後還有一座隧道，火車重又闖進黑地裏了，他的眼睛重又被一層不知多厚多厚的黑翳子蒙上來。抵擋不住女孩子的眼睛，這個伍長轉移了目光。車窗外的電線高了又低了，高了又低了……和連綿的丘陵弧線熟練的交織着。原來女孩的目光也會如此逼人麼？他是第一次發現。多多少少，這總是又一種困迷，一時條理不清楚。雖然他眺望着車窗外飛馳的種種，但是靠着分列式用的那種眼睛餘光，他知道，劉海下面那一對大而顯得空落的眼睛，仍然一直在緊盯住自己。

替人受過到這樣窩囊的地步！有這樣差勁的征服者麼？又一陣氣憤，摻雜着惱羞，視線從女子的頭上弧過去，那個鐵路職工不惟仍然一動未動的睡着，且已睡熟得口涎流了一嘴角而不自知。

他倒真的有些相信這人不至佯裝得這麼像。于是有一種喪氣的感覺；找不到對象的氣憤，會使人這樣子的難堪！那末還能是誰？面對面這四個座位，無論如何，是和身旁這個婦人無干的。

兵士摩挲着下巴。他是沒有鐵路職工那一嘴潦草的鬍樁子，不過也是有些扎手了。他真不認輸他自己的頭腦怎會這麼簡單，思索不出倒是誰能乘黑夾進他們這四個人中間來。他只能不顧現實的認定了除非裝睡的鐵路職工，不可能還有誰。

然而忽有一種喜悅，像一波浪潮湧上心頭，恍然猶如火車從隧道裏奔逃出來，眼前一片敞亮；我何不光彩一番！一直在死巷裏摸索，硬想找出到底是誰吮了這個姑娘而遺禍于我，難道不是遺艷福于我麼？只要這個甜甜的姑娘以為是我吮了她，多麼值得！

急忙的盯住這個姑娘，盯住她手絹掩在嘴上，盯住她閃亮在劉海下面的那對逼人的眼睛。他能夠自覺得出，他自己得意的眼神那末鋒利的穿刺過去，深深的穿刺進對方那一對亮黑的瞳子。他曾躲閃那對瞳子，臉曾被那對瞳子刺痛，多麼懦蠢而冤枉而無辜而可憎！現在輪到那對瞳子倉卒應戰，他盯住她，強調的咬咬他自己嘴唇，用他睏過慰安婦的那種蔑笑牽起一邊嘴角，菸圈和伴着酒嗝的愛馬進行曲，便是從那樣的嘴角裏流放出來……于是在他認為女子不應該有的那對淩厲的眼睛，經不住他使壞，于是窘而至于連連的眨動，隨即避開，現在輪到她去眺望窗外那些起伏的電線和丘陵了——沒有甚麼值得看的，可是總要無聊的看下去。

果真就能避開甚麼嗎？無聊的電線和丘陵，丘陵和電線……

就是那隻不大的手，握一條挑花邊的小手絹，手是瘦而白得透明，屬于茶碗蒸裏的子鷄翅膀的那種脆骨，一嚼一個響，他不大喜歡那種無精打彩的淡味。

又是一個不相信，那末瘦而白得透明，如何能是打人的手？那末樣狠，感到打上來的是三八式的槍托。

打在他臉上的狠狠那一下，敢情擦不掉；但是被女孩認定是他吮了的那一下，她也擦不掉。鐵路職工——只好當作是那個人了——實際的吮了她面頰或者嘴唇，而他是吮進她心上，那一下口付，就永遠永遠留在那個深處罷！

伍長站起來，需要被她多看看，他把車窗玻璃提上去。再做點甚麼呢？摘下軍帽拍拍的往腿上撣塵，然後掛回原來的鋁質鈎子上。那末，綁腿有些鬆了，索性就解下來，這有一連串的事情可做，解下來，捲起來，可以把起頭的地方起錯一點，然後解下來重打。用不停的動作引起注意，叫她多想想他給她的那一聲很響的口付。

列車停在一個二等站，上車下車的人意外的多，自然很紛亂，殖民地就是這個樣子，人們的脖子都很長。

這個伍長又一次不滿鐵路上的紀律廢弛——他看到，當列車進站和出站的時候，月臺上沒有幾個職工是規規矩矩的肅立在那兒迎送列車。即使勉強擺擺樣子的那幾個，甚至站長在內，也沒有一個肅立得像樣一些；自然更不必說操典上所要求的立正要領。

殖民地啊，太放任了這種統治！帝國的霸業使他擔憂，居然有耳摑飛到主子的臉頰上，而且是出于預謀，這就可怕，雖然在精神上淨賺了一個吻。

但當他又一度接觸到留海下面那一對目光時，仍然禁不住的暫時放下慨歎，又一度的用他睏過慰安婦的那種蔑笑，牽起一邊嘴角。也是捱過耳摑的那一邊。

有過一個理髮女子恭維他這樣的蔑笑，說他頗像阪東妻三郎，他在大鏡子裏得到證實，然後就常用這種牽起一邊嘴角的蔑笑，表現他的征服的愉快；儘管他也常用這個掩飾他的某些懊喪。

少女的兒歌

已經不是貪戀外婆的那個年齡了，但去外婆家仍然有那末多的想頭呢。或者不如說，兒時的記憶不斷的觸景而湧上來，淡去的親情重又熱烈了。為了那些個淡去，簡直要自譴起來。

通學的火車上，一樣也是時常低低的哼起那首兒歌：「現在是山坳，現在是海澳……。」總不是現在這樣，潮湧的記憶，一波未平又是一波。這兒不是用來背生字、背公式的通學車。外婆也似曾有那樣的松鶴印花包袱皮，外婆的包袱裏包着小外孫女的換身衣，有媽媽孝敬外婆的布料和肉粽。少女試着猜，那位做外婆稍嫌年輕而做媽媽又嫌老了的婦人，那隻放在腿上的花包袱裏包着甚麼呢？剛過過中元節，少不了又是肉粽甚麼的，或者沒泡甘草水的五斂子。好像就能看出許多肉粽的尖尖從裏頭撐出來。

一上火車，就摔也摔不掉心裏那首兒歌：

現在是山坳，
現在是海澳，
剛剛還在過鐵橋，
轉眼又悶入黑隧道，
…………。

隨着車輪不緊不慢的節奏，現在這個，現在那個……現在是到外婆家去，不用再坐通學火車了——應該說，不用再「站」通學的火車了；畢業這件事，如果非要說它是值得高興的不可，那末就只高興不再天天趕火車了嗎？再不就加上一些又能夠哼着兒歌去外婆家了，真是太有限的高興，倒能高興多久呢？

現在這個，現在那個，現在她就有些兒不高興了。

少女不會像斜對面那位婦人，老是喃喃着：「憋死了！把人憋死了！」也不曾想到要埋怨車廂裏的電燈為甚麼不打開。本來就是黑隧道，從小唱到現在的黑隧道。不如說，她倒喜歡這樣子黑一陣，明一陣兒，「現在是黑夜，現在是白晝……。」正好讓她改改歌詞唱着玩，就只是身旁這個貪睡蟲，時不時的打斷她的現在這個，現在那個……。貪睡蟲老是打着瞌冲往她身上倒過來，就憑這個，便使她不高興起來。

也沒有見過這種不識相的人，討厭死了啦！腦袋又枕到她的肩上了。

先還輕輕的推推他，而後不耐煩了，只好離開椅子背往前面挪挪，叫他歪到足以把自己驚醒的斜度，大約相當于四十五度罷，他就會自覺的正回去。

然而這樣也不好，狹窄的座位，往前坐，膝蓋就要和對面的軍人碰上；即使不是外國人，女孩也不要這樣子。

奇怪的是這個貪睡蟲不太肯往那一邊倒過去。那一邊是走道，就不用去打擾人家了。不過他也向那邊歪倒過，別人把他的帽子拾起來撣撣灰，又替他給戴上去。歪到帽子掉掉的斜度，恐怕就不止四十五度了罷？

而使人不可想像的，「只賸一個山洞了。」居然貪睡蟲還會說話；不單說話，而且異常清醒。「只賸一個了——最長的一個。」少女當然記得最清，去外婆家，還有最後一座隧道；從外婆家回來，多少留戀不捨，甚至還含着些淚絲兒，但是第一座最長的隧道常有使她分心的那末一點兒效用。

好長的隧道啊，記起一二三四……的數過，却已記不起數到多少火車才得跑出山洞去。她要好好的數一數——但不要那末幼稺的數數兒了罷，要用秒分來計算：「一一、二二、三三、四四……」保持着一定的速度數下去，就算沒有時鐘準確，等從外婆家回來時再數一遍，如果有出入，可以把兩次數得的數兒平均一下，一定可以得到近似值的。于是少女偷偷的枉想了一下，希望開錶店的二舅舅答應她的畢業禮物會是一隻錶……立刻她就把這個枉想丟開了，火車送來長長的汽笛聲，準備數罷，嚴陣以待的等着那一下子黑下來：「一一、二二、三三、四四……十八、十九、二十、……」數到二十七，一種聲音使她中斷了。

似乎就近在臉前，稍稍偏左一些，好討厭！咂的一聲，怎會那末大的響聲嘛，分明那是接吻呢。大哥和大表姐那樣子的時候被她撞見過，就在前兩天，很響的一下分開了——不如說是受驚的小鳥跳開了，然而決沒有這樣的清脆，雖然也很響。

和那頃刻間一樣的，少女的臉一陣子熱。

在他們面對面的這四個人之間，會是誰吻了誰？

不必多猜想的，一定是誰吻了那個腿上放着花包袱的婦女。真是要命，第一個想到，該死的兵！

不過也可能是身旁這個……在她剛剛意識到不大可能是這個貪睡蟲的時候，一聲抽打，她吓了一跳。

車窗顫抖着，彷彿人在極度驚恐時磕着牙骨。列車在下坡的鐵軌上逃跑似的快速。少女是被驚吓了，發愣了許久、許久。出于本能，她努力的把身體縮小，緊緊縮小在椅背和車壁的夾角裏，好像可怕的事情不能這就了結，這只是一個起頭，不知道立時又會有突然的甚麼發作開來。

緊張的等候着，等候到的是一片光亮。

兵正一隻手搗在左頰上，說不出那是一種憤怒，還是震驚，他是怔怔的獃着一動不動。

可以肯定是這個光頭的兵了。

多麼骯髒的兵，卑污的兵，不但該打，而且該死！

少女的眼睛正好碰上那個婦女深深的看過來的目光。那是個值得拼着捱打耳摑而去強吻的女人麼？

也許不是值不值得的問題。那種做媽媽嫌老，做外婆又嫌早的年紀，為何會使一個挺年輕的軍人去那樣她呢？出于一種甚麼樣的鼓勵或引誘呢？

那一身衣衫是她不認得的布料，可以看做是用紙剪貼而成的衣衫，硬而有一些光澤，隨着車身微微的顫抖。這婦女臉上的神情，使她無從捉摸，不火不溫的好像儘量要做出完全沒有甚麼事故發生的樣子，一點也不是大表姐被她撞見時那樣慌張得可笑，無來由的抓起一隻空茶杯喝茶。

畢竟是上了年歲的人罷！少女狠狠的盯住猶在發怔的兵，發現他額頭上日晒留下的一道非常清楚的印子，特別是發現那片肥厚的上唇，本身就給人一種貪婪的感覺。人簡直可以相信那片上唇是被打腫了的，一個挺自負年輕的軍人應該有的英氣因而一點也不存留了，甚至是很不如人的賴相。

無論如何，她得佩服這個穩像一座小山的婦人；恐怕不一定是出于年歲，性格會是主要的一種力量。

少女設想到了她自己。

這兵是個傻瓜。如果他吻的是我……她真不能想像自己會有一些兒反抗，能不吓昏過去已經是意外了。而這位偉大的婦人——何必還要到哪兒去追求偉大呢？——沒出一聲惡言惡語，反而連一點點迫促的呼吸都看不出，不過只是隨意的打了一隻狗而已。

這才使少女注意到身旁的這個貪睡蟲，多令人納罕！瞧他睡得那末醜呢！然而她碰到了一些目光，使她忽然發現自己在附近一些人的眼裏不明不白了起來。人會以為是我嗎？多討厭的羞恥，怎麼會這樣想。

少女難堪的望着窗外，望着她甚麼也沒有看進眼裏的那些旋動的景物。她該出一些惡聲惡氣的，那位婦人；那樣的裝做完全沒有發生甚麼事故的神情，是不是有意用來遮羞啊！真是太不應該，等于拖她下水一樣的，把事實弄混了。真倒霉！平空讓人那末想，哪有這樣的不白之冤！捱打的兵在騷動着，重又使這少女耽心會有甚麼突然要爆發。這一段的下坡總像是在加速人的希望——就快到站了。現在她是除掉急于要看到外婆，並且急于要脫離這個被人誤會和似乎潛藏着甚麼危機的地方。她提前的出來，站到車門跟前。

列車進站，慢悠悠的停下來。

一個老鐵路工人執着喊話筒叫喊：「……請遵守秩序，請遵守秩序，先上後下——不對不對，先下後上！……」

月臺上人們伸長了脖子擠車。少女笑了，為那個老工人的「不對不對」，為她不必再在現場接受那個被冤枉的誤會，而且就要看到了外婆和備有贈禮物的舅舅們。

一九六七年九月二十五日

等待一個女人

由軍團支援的兩噸半卡車，把我們送到十四號碼頭，車不曾停穩，我們就面臨了一個驚訝，我們所要搭乘的三〇七號登陸艦，正緩緩的離岸。艦上的水兵還在收着二纜；那就是說，艦首不過剛剛離開碼頭。

我們下餃子一樣，一個個搶着跳下卡車，揮着手齊聲叫喊。大個子的嗓門兒最高，那不僅由于他是個出奇的矮子——人矬聲高，一向如此；主要的還是因為他是海軍派給我們工作隊的聯絡官，他比別人更吃緊。

「怎麼可以開船？你們亂來！」他向高高的艦上喊叫，好像古代作戰對着城樓罵陣的那種味道。

而船舷是一點點的跟碼頭離遠了。

艦首出現了那個和大個子同期的官校同學——似乎是姓鄧的艦務官，他俯下身來搭話，手裏好像握着送話器。

「沒話說，準時開船！」用吐痰的樣子，對我們吼下來。但他沒有使喚手裏的送話器，大約那是用來跟他們艦長通話的傢伙。

大個子跳起來，指着腕上的手錶大叫：「他媽的十二點三十二，你們混球！……。」

他們攔住大個子，這樣罵陣解決不了問題。雙手筒在口上，我喊上去：「好啦好啦！還是勞駕跟你們馮艦長報告一下……。」

大師、放翁，他們兩位海軍軍官也一齊叫喊着拜託。

艦身自管緩緩的偏過去。立刻我敏感到一大堆的麻煩來了；二十一個隊員再回招待所去等船，住上三天兩天的，伙食、交通——再跟軍團要車輛嗎？招待所的房間已經開掉了，不預訂的話，哪有那許多牀位等着我們？還有另一批搭班機的十一個隊員，明兒一早就到金門，叫他們在那邊接不上頭，也是問題……所有這些麻煩，真是叫人頭大。

「不成！」那個艦務官重又出現回話：「艦長不答應，趕不上漲潮搶灘，誰負責？」

艦是調正了方向啟航，眼睜睜的看着它那末氣人的笨笨的去了。

大家亂噪噪的幫我這個副隊長出主意。滕隊長跟我們都不很熟識，又是部裏請來擔任名譽隊長的客人，不便多麻煩他。這副擔子就是我的了。

我們先吩咐駕駛把車子倒到倉庫那邊的停車場上暫且等一等，免得那一頭走不成，這一頭又回不去。然後我們拉住一直混球混球罵不絕口的大個子說：

「別只顧打空泡彈罷，大個子，好不好馬上去找港口司令給我們生辦法去？」

「這太塌海軍的面子了！守着我們海軍這麼些客人，不像話呀！」

大個子真是氣昏了，一直拍手打掌的跳着發脾氣，衝着放翁他們兩位虎虎的噪嚷，好像如今只有讓他們倆給他主持正義了。他是很為自己是個海軍軍官而誇傲的那種要面子的人。「走，找港口司令去。」拎起他的爬山背包就走。他是真的氣昏了，帶着那個背包去見港口司令幹嗎？不知他打哪裏弄來的淨是小口袋而顯得結構複雜的爬山背包。

我摸摸口袋，想起公文在提包裏。提包在一個小時前登艦洽公時交給官廳那個士官保管了。而三〇七現在用屁股對着我們，拖着梯波愈去愈遠。這才想到提包跟着去了，刷牙都成了問題。

大太陽正當頂，碼頭上一點遮攔也沒有。不帶公事去見港口司令，豈不是空口無憑！我們就乾脆跑去倉庫借電話，這是憨臉刁心的屠夫出的主意！我們都說他是面帶忠厚，內存詭詐。

港口司令居然一口答應馬上去電報，命令三〇七號艦回頭。「總長的命令嘛，還有話說？」大個子立刻神氣起來，然而在心裏，我是覺得很不受用；好像把一切責任都推給三〇七號艦了。想到馮艦長，人是挺熱誠，為了接待我們，現架起二十張戰備牀位在後艙裏，官艙謄出一張下舖給我們的滕隊長。這都是出于客情而非責任。如今在港口司令面前，幾乎等于告他一狀。然而不把我們說得如何有理，又怎能讓港口司令必須替我們解決問題呢？這就使我懂得，在戰場上，上自將帥，下至兵士，為何不可避免的常時發生爭功諉過的事了。

「不過話說回來，」放翁一本正經起來，總是一臉愁苦的那副德性。「駕駛軍艦可不是駕汽車；對了，咱們招呼駕駛回去罷，我說副座？」他就是這樣，正經跟玩笑摻合着使用。他是學戲劇的，我們都說他那張二分法的猴相臉，不是愁苦，便是咧着大嘴笑，真個兒的就是代表戲劇的那種臉譜。「你聽我說……」他是很燒包的一個個敬他的雙喜菸，為了爭取聽眾。「在海軍裏，一個新艦長上任，大夥兒就瞪倆眼睛看你靠岸的本事囉，靠得帥，服你；不的話，你捲舖蓋到旁邊兒涼快去。」

「你跟過船沒有？瞎吹瞎吹的唬我們外行！」屠夫跟他這一對寶貝，隨時可以擺一台相聲。

如今難題解決了，大夥兒就躲在倉庫廊下的蔽陰裏聽他倆耍貧嘴。

「我的天爺，你怎這麼瞧不起人！」放翁的瘦臉上可以擰出一碗苦水，對于他那張淨是電車道的猴臉，他有廣告性的詮釋，皺紋多，表示面部肌肉靈活，純粹的演技派。他指着屠夫的長臉譏誚：「就憑你那副爺爺不疼奶奶不愛喜怒不形于色針錐也錐不出血來十二道城牆厚八吋裝甲火箭筒穿不透的諸葛瑾那副尊容，怨不得叫老校長說你：那哪是哈姆雷特！賣猪肉的怎麼拎着刀跑上戲台來啦？——你敢說老校長沒這麼糟蹋過你！」

他拉住老夫子和大師替他出證明。一提起他們去南沙羣島那一趟，三個人立刻成了一家人那末親熱，把我們當作外四路的吹起他們的漂泊南海十八天。

「到最後，大家眼睛都紅了。」老夫子也那末激動起來。「你們還記得，那個甚麼太太？」

「我的天，大師你聽見沒有？」放翁笑皺了鼻子。「咱們夫子還沒忘情呢。」

「弗是啦弗是啦……」老夫子一着急，紹興師爺的土腔便溜出來。

大師用他美得像音樂一樣的磁性低音，給我們朗誦那八級風的南太平洋上漂泊十八天的故事。軍艦最後居然迷失到婆羅乃。艦上有位去南沙羣島探眷的太太，「暴風雨中的一朶玫瑰」，大師這樣的歌頌她。于是一船的尤利西斯，魂都給這個沒有歌聲的海倫勾攝了去。老夫子暈成那個不省人事的樣子，還東倒西歪的去給暴風雨中的玫瑰送榨菜，惹得一個海軍陸戰隊的士官要揍他。風浪打濕的甲板上站不住人。被大家供奉作皇后的那位太太，說不老也近四十了。要說不醜，天仙也經不住十多天大風大浪的暈吐，把人整成披頭散髮的夜叉。身為艦指導員的放翁，淡水捨不得吃，省下來，每天每天親侍湯藥的孝子一般，晨昏各送一牙缸淡水過去。

我們都為大師這「一牙缸」用得太傳神而喝采；那樣的妙法，就像他的詩裏那種土味兒一樣的可愛。他的磁性低音，不僅僅是屬于音色的美，且有一種近乎氣勢的甚麼，不管紹興土腔怎樣高八音的提出異議，以及放翁老作怪樣子企圖分散大家的注意，都打斷不了大師那種美妙的細言慢語的朗誦。

「完全是演義體的，與歷史不符。」老夫子竭力的聲明。搔他的平頭。他是從廈門撤退到金門，一直在那裏待了九個年頭。打古寧頭大捷，到八二三砲戰，九年沒有白過；多到一天落彈五萬八千七百六十二發，他是照樣的跑新聞。頂偉大的還是他在那座危樓裏完成了四十餘萬言的金門縣志，想必他是十分看重史實的人，受不了大師的一番演義。

第一個叫起來的是我們的掌旗官哈薩克，大夥兒立刻從倉庫的廊簷下跑出來。其實三〇七號在那末多港內的船艦叢中不過剛剛露一點臉，恐怕很要幾分鐘才得靠上碼頭。

「大個子！」基子其實不比大個子高多少，而他一樣的順着大家這麼喊他。「這樣子『回籠航』，不大多見罷？」

「也只有衝着你們作家大爺，才表演這一手。」

大個子啞啞的嗓子說。他是以寫海洋生活見長的小說家。因為統帥部發表的命令上，把他列做連結官，不算工作隊員，他就口口聲聲你們作家你們作家的不知有多酸的味道來窩囊我們。

三〇七號是規規矩矩的折回來了，那末的乖樣子，倒又叫人不忍心。實實在在的，並不是假慈悲的風凉話。原來把人家給整倒了，于自己也是挺尷尬的事。

「我知道的，」一放翁說：「馮在海軍裏頭是個很優秀的艦長。不信，你們問問大個子。大家都有聞名啦。」

他撇着臺灣調子的國語說。大約他也是一樣的感到有些于心不忍，把人家出了港的艦又給摻回來。而且是同軍種的同志，不免有些物傷其類罷。

「待會兒，你們瞧他靠碼頭的功夫，待會兒就知道了。」放翁還在替那位馮艦長挽回甚麼似的一再講情。

何必呢？只要搭得上艦，我想我們沒有誰還會那末小人的再計較甚麼。

「有些艦長火候不夠，前走後退、左俥進、右俥進的折騰老半天，船還靠不上碼頭。弄的不好，ㄅㄨㄤ！撞上了……。」

這個碎嘴子的放翁，一直絮絮叨叨的沒停。當然，多少也有些賣弄的味道，在我們這些旱鴨子陸軍面前。

那末我們就等着開開眼界，欣賞欣賞這位馮艦長倒有多漂亮的一手。他再怎樣棒，總還沒有能耐把軍艦開到倉庫這邊的鐵道上來罷。

誰知三〇七號靠是靠近碼頭了，但是靠到距離碼頭一呎光景就停止了不再移動；而且繩梯縋了下來。

「嘔——！你們勝利嘍！」

船欄上趴着些陸軍大兵，幾乎是歡呼的那末齊聲起鬨，真弄得人不大好意思。

大個子那位同期同學的艦務官在繩梯的頂上出現，他望了望那些起鬨的兵士，似乎很火，衝着我們喊下來：

「好啦！你們爬上來吧！」

梯子敢情是要爬的；可是從這個艦務官口裏哈哈出來的「爬」字，總給人一種感覺，要不是熱得燙嘴，便是冷得澌牙，都不大好受用。

「你混球，等老子上來再跟你算賬！」大個子仰着頭罵。

我們的滕隊長領先攀登上去。他是很禮貌的衝着艦首艦尾行了軍禮。由他代表，我們就不管有禮無禮了；大家攜帶着行囊攀附在軟盪盪的繩梯上，一脚一脚都踏不實在，深怕一個不當心，軟了手脚掉下海去。我們都爬得很惱火，覺得被狠狠的整了。

全體登艦之後，儘管一個個心裏都不很舒服，但是總算順利成行，而且從啟航到抵達料羅灣，馮艦長和鄧艦務官一直跟我們避不見面，這樣的彼此心裏有數，我們也就氣平了。

滕隊長睡了受訓中的指導員牀位，而外我們這二十個人，由大個子領路，在又窄又陡又僅有紅壁燈照明的暗淡的梯子上轉彎抹角下往後艙去。那末多折來折去的鐵梯，使我們躭心若是沒人領路，由着自己摸索，怕就找不到出路可以回到甲板上去。

後艙熱得像蒸籠，機器吵鬧着，而且刺鼻子的柴油臭。特別為我們現搭的戰備牀位，是鋁架子的三層牀，層與層之間低得不但直不起頭來，連上牀都很困難，必須先把身體懸空橫下來，滾進牀上去，就像滾式的撐竿跳那樣。

先我們以為找錯了艙位，因為每張牀上都放置有提包、旅行袋、或者裝着面盆、「牙缸子」等的網袋等等。

「不管了，」大個子說：「一定是那些搭便船的，以為我們上不了船了，就把我們的空牀位佔了去。」

于是我們任選一張牀，把行囊放下，因為着實忍耐不住那種熱燠、吵鬧、和柴油臭，趕快回到甲板上。衣服已經下了水一樣的濕裹在身上。

「再多愣一會兒，管保蒸熟了。」屠夫抖着扯到腰帶外的上衣說，露出又黑又深的肚臍。放翁說他至少有四指厚的膘油，粉蒸肉的料子。

然而甲板上也待不住，海峽的烈日直上直下的澆着，沒一點蔭凉可躲，到處都是燙手的鐵，輻射着高熱。

「所以你們海軍差勁兒，」素來不苟言笑的小白也情不自禁的胡調了：「也不栽兩棵榕樹給人乘乘凉。」

「你們剛果也沒有這麼個熱法罷？」

大師回敬了小白，後者是用這樣的筆名來補償他的黑皮的；他的最新渾號是「剛果駐華大使」。

甲板是後艙的天堂，而官廳又是甲板的天堂。大個子以主人的味道把我們招呼到官廳休息。兩座電風扇，一架書報，象棋、飲料、撲克牌，家裏也未必這麼周全，若還挑剔四周的鐵壁烤人，沙發像熱炕，那就太沒有心肝了。

這麼多人聚在官廳，雖然文火燉着，但有橋牌好打，有天好聊，倒也不覺得苦。唯獨老夫子，居然下到後艙睡覺去了。「晚餐加菜你們知不知道？」屠夫又損起來。「老夫子以身殉請客，每人一客粉蒸排骨。各位，千萬不要客氣。」

不知是惡有惡報，血壓的關係，還有因為跑來跑去的不安分，看不到陸地之後，風浪逐見增強，第一個白了臉，摀着嘴跑衛生間的便是他屠夫。

海上的氣候變化很快，說陰就陰，風浪說大就大了。在所有的海軍船艦中，據說這種平底的登陸艦，對于風浪最為敏感，也最為誇大。而克服暈船，除了先天的體質，和後天的長期鍛鍊，像我們這樣等于一般旅客的旱鴨子，就只有設法把胃裏填得結結實實不留一個氣泡，如同菜場上為了打秤而把膆子塞成壘球的鴨子一樣，唯有如此方可免于暈吐——具有豐富的航海經驗的大個子這樣子曉諭我們。

然而這是和廢話差不多的；風浪一大，誰還有胃口呢？總不能把漏斗塞進喉嚨管兒裏灌臘腸罷？晚飯開到官廳裏，形式和內容都是很不錯的樣子，聽說午夜還有一餐湯麵，可是二十一份的自助餐擺上長長的餐桌，出席的人數不及一半。

「不可以開動；不合法定人數。」天才兒童，我們的鋼琴家基子，倒是很正常，尚有餘興俏皮一下。

「他跟大個子一樣，體積小，消耗量也少。」

放翁是從不放過這一類機會的。

下到後艙去催駕老夫子和小白他們，一個個都處于昏迷狀態，後艙裏仍然是蒸籠一般，儘管甲板上幾乎可以說是頗有寒意了。不知老夫子他們怎麼能夠睡得着，那也得有鼎鑊甘如飴的修養功夫才行。

我們幾個只好接受委託，每一個起碼都吃了雙份，尖尖的一碗辣椒末，都被我們拼光了。總有些恨病吃藥的那種膽氣罷！

然而我們音樂組的大號胖子當場就還席了，可見大個子曉諭我們的那套訣竅不十分可靠。大號胖子是嘴說不及，沒來得及衝出官廳，就大口咯血一般的吐了一大遍的紅。「入媽媽底！」大號胖子好像狠狠的哭過一場，一臉扯扯拉拉的涕泗。「倒頭的辣椒子，吃進去不怎麼底，出來倒吃不消，嗓子眼兒火燒的一樣子。」

「俗語說：辣椒不補，兩頭受苦。」

屠夫也是不放過這種機會的。然而接着就是他，再度的打衛生間出來，一眼窩沒擦乾的淚水。「各位，誰還要喝點甚麼罷？蛋花湯，剛出鍋的。」看那樣子已經是支持不住了，但好像沒有一個醉鬼肯承認吃醉了一樣，逞強了好一陣，不住的冒汗，這才跟大家抱抱拳說：

「各位，兄弟失陪，下去看看粉蒸排骨夠火候了沒有。」一把抓住走道兩旁的扶手，屠夫爛醉似的歪歪斜斜往底艙口那邊衝去。瞧他那一身橫粗豎高的笨骨肉，才不像個天才；在燈火管制的殷紅的燈光底下，那背影越發誇張了他的臃腫和蠢。擴音器裏通報接更，我們聽不懂。

最後只賸我和放翁僅有的兩個不暈船的鐵漢了，別看我們是一對地道的排骨。我們原想出去透透氣，電風扇在熱空氣裏整整拌了一個長半天，熱空氣仍然還是熱空氣。誰知一拉開甬道門，撲臉的烈風鼓進來，沒把我們打倒算是天助。甲板上黑奧奧的看不到邊兒。不知是驟雨還是浪花，漫天的濺洒着。回身在甬道上碰見了屠夫正打底艙衝上來。

「不……不得了，」屠夫用拳頭發狠的撞打另一隻手掌，結巴了半天。

我們當他又不知演甚麼戲，就想打趣他。但是他的臉色好壞，臉也拉得好長，明知是殷紅的燈光使他看來彷彿氣成那樣，以及他的貴體的確有些欠妥；一如明知他的表情向來都是真假莫測，但總是發生了甚麼事故，似乎是可以確定的。

「你們……不……不能見死不救啊？」他又開兩條長腿，穩住隨時可以晃倒的身子。「老夫子蒙難了，你們還在這兒……。」

我們真佩服他的演技，頭抵在艙壁上，五官皺到一起，欲哭無淚的樣子，一面搥打着厚厚的鐵艙壁。然後他笑了。

「你猜怎麼樣？老夫子正在秀才遇到兵，媽的被人修理了。」

他笑得十分得意，扎煞着一雙手大揮舞。

「怎麼回事兒怎麼回事兒？」

我們齊聲的搶着問。

「你們趕快下去看看，好戲！花錢看不到的。」

老夫子睡在一張最上層的網牀上，牀沿的高度相當于常人的下巴或肩膀的光景。後艙裏的熱度依然沒有顯明的降低。正有一個不相識的兵爺，兒戲的樣子在拖老夫子的枕頭——似乎是一隻小提包代用的枕頭。

「我叫你以軍作家！我叫你以軍作家！……」

兵爺拉一下那枕頭，就這麼叫一聲。

而我們的老夫子，蜷臥着像隻明蝦，手護住他枕着的小手提包，不讓它被拉走。

然後那位兵爺歇下手來，彎起肘子看着手錶。

我和放翁走過去，一時看不明白這是怎樣的一個劇情，那個兵爺原來是位砲兵中尉。

回過頭去，只見屠夫趴在鐵梯扶手上傻笑，露出滿口的牙肉而不是牙齒。

「一個……一個倔強的中尉。」屠夫笑不成聲的說。

再看看老夫子，一直是安詳的閉着眼，雙手抱住他的代用枕頭。

他要能睡着，我可以抹腦袋。

「你這是幹嗎啦，兄弟？」放翁惶惑的問那中尉。自然又是一臉的愁苦。

中尉只管不眨眼的注視着手錶。「好啦，時間已到。」自語的說，便又重複起那樣的動作。

「我叫你以軍作家！我叫你以軍作家！……」依然是一下下去拉老夫子的枕頭。瞧他用力的程度，目的只在騷擾，倒不是真要拉走那枕頭。

然後中尉歇手，繼續注視他的手錶。

屠夫笑得避過臉去。

艙口那裏又下來了甚麼人，遲遲的縋下雙腿，一步一步的下來。下到腰眼之時，我們就判斷出那是大個子了。

「噯，你這位中尉，」我忍不住的拍拍他背。「有話好說，是怎麼回子事？」

中尉看着我們，眼睛裏有憤怒之火的敵意。

「我不管你們甚麼以軍作家的！」半晌，他嘟嚕嘟嚕給了我們一套。

我們訝異的相顧，十分不解。大個子也湊了過來。

「他是怎麼得罪閣下啦？」放翁扳扳中尉擱在牀沿上的手臂，立刻被他一下子摔開。

「我的牀！他憑甚麼霸佔？」中尉愣了好一會兒，回我們的話。

「嗳，你要弄清楚，」大個子啞啞的叫着，為要壓下機器運動的噪聲。「這是誰的牀位？這是艦上特別給我們準備的牀位，你知道吧，老兄？」

「你們？你們到前線來看熱鬧，老子在前線拼命！你們有牀睡，他媽的老子睡甲板！」中尉唾沫四濺的吼着，軸過臉去啐了一聲。「還打着以軍作家旗號，呸！」

我們似乎才慢慢的進入情況。然而我們哪裏打甚麼「以軍作家」的旗號來着？

倔強的中尉又準時的開始他那循環性的動作，一下下的拉着老夫子的枕頭，「我叫你以軍作家，我叫你以軍作家……」屬于機械的動作和機械的響聲，活塞桿似的反復着，而我們的老夫子一直閉着眼睛裝孫子，好像完全不干他的事。「怎麼可以這麼膿包！跟他幹！」我心裏喊着。我想，放翁和大個子不會比我的修養好多少。要不是互相有個顧忌，他們倆可能早就不分情由的幹開了。

「我說，這位中尉，」我竭力的壓制着拳頭上的衝動，硬捏出跟女孩子說話的調子。

「你也別這麼勞累了，呶，那邊是我的牀位，我用不着，你到那上面休息去。」

我想，一個中校對一個中尉這麼賠上好話哄着，也夠仁至義盡的了。

「是嘛，公家的牀嘛，誰打老家帶牀來了嘛，隨便睡嘛，不是吃酒席嘛，用不着分上位下位客位主位嘛……」

這個死屠夫，只有他在作壁上觀，遠遠的扔過酸話來。

「是嘛，你還要怎麼樣呢？」放翁一臉的愁苦說。

而這個中尉，真是頑強，眼裏誰也沒看進去，好像望着遠處千萬人眾演說的樣子：

「反正，」他打着手勢。「大家都用不着睡覺。三分鐘我跟你來一次以軍作家。沒話說。」

這真叫人來氣，並不是拿階級壓人，如果我們都穿着上身，也許他就不便這麼放肆了。

「把他丟海裏算了！哪那末嚕嗦！」

大個子發起威來，揮着拳頭大吼。

中尉調過頭來，居高臨下的虎視着大個子。

「你有這個種？」中尉插着腰，鳥瞰着只頂他胸口那末高的大個子。「告訴你，奉准回後方休假的前線有功官兵，憑你——一把攥住兩頭不冒的，你敢動老子一根雞巴毛？」

「你嘴放乾淨！別他媽的咬着鳥說話！」

大個子指頭伸到中尉的鼻子上大叫，我和放翁忙把他們隔開。

「你聽我說，」我拉住中尉，平下氣來，嚴肅的跟他說：「你是前線有功官兵，對的，值得敬佩，可是我勸貴官也該學着敬佩人家一些；你在這兒騷擾了半天的這位中校，你可知道他的功勞決不下于貴官。別的不說，八二三砲戰期間，你們貴兵種的戰功不小；可是貴官也該知道，砲兵陣地有打不透、轟不倒的掩體；通信兵呢？不是通信兵砲彈底下來，砲彈底下去，日日夜夜一刻也不停的查線、接線、保持通信靈活，你們砲兵憑着甚麼射擊？——砲口上可是沒有準星的，閣下！」

我是懶得告訴他我們老夫子原是八二三期間出生入死的名記者；那要費多少唇舌才能使他明瞭和相信一個勇敢沉着的戰地記者，他手裏那枝筆的口徑，決不小于一五五加。

倔強的中尉似乎心眼兒靈活了一點，態度也和緩了許多。但他仍然堅持這張牀位非讓他不可，因為老夫子不該把他的旅行袋拿下來丟在地上，他得嘔贏這口氣。

我想，拿下來大約是事實，丟在地上則未必可信，老夫子不是那樣壞脾氣的人，不過他既然把這個當做最後理由，找到臺階了，我們就默認了罷，要不怎麼讓他下得了臺呢？

「好了，我替我們徐中校把你的旅行袋拾起來，放到我牀上去，成嗎？」

「不行，」中尉擋住我。「不敢勞你的駕，誰把我丟到地上，誰替我拾起來。」

「去你媽的蛋！」大個子跳起來。「你也太沒有分寸了！介壽館的大參謀給你說了半天的好話，你還他媽的駱駝雞巴——扭着打彎子！……。」

「好了好了，不要吵好哇，我下來讓把你。」老夫子這才活過來。

「不可以，你夠窩囊的了……。」

「不可以！」放翁也跟着起鬨。

「我要找艦長先關起你小子！」大個子咬牙切齒的發狠。「到金門交給防衛部處理。我非這麼辦不可！」

「對！對！」屠夫插進嘴來。「大個子，我擁你的護。你要是不把倔強的中尉關起來，就是這玩意兒。」

他抱着膀子趴在旁邊的一張牀沿上，朥出一雙手來，作烏龜狀。他真是只恨天下不亂的傢伙，不該再給大個子點火的。

還是老夫子硬撐着讓開，才算了結這番爭執。

「沒有甚麼大不了的事體，」老夫子暈暈糊糊的呻吟着。「大丈夫嘛，臨小敵怯，臨大敵勇，曉得哇？」

瞧他那末半昏迷的病樣子，還不忘掉詩云子曰的跩文呢。

回到官廳，沙發上一個個都睡黃了臉。消夜送來，一個都叫不醒；或者醒了，或者只是暈糊在那兒，總之胃裏是折騰得食慾不振了，只賸下放翁、基子、大個子、和我這幾個餓鬼不倒翁，正需要補給。

這才在喝着湯麵途中，我找到了「以軍作家」的典出之處。走過去把懸在報架子上的我們的隊旗調理一下，讓上面的「中」字疊隱到後面。「你們瞧，」我喊放翁他們。「那位倔強的中尉給咱們定的罪名，大概就是根據這個來的了。」

統帥部授這面隊旗給我們，黛綠底，奶黃字，「軍中作家戰地工作隊」，我們每個人都有一個共同意見，不要這個近乎招搖的作家頭銜。儘管一上船，大師就說，敵人的情報要夠靈通的話，一定不惜動員所有的魚雷快艇，甚至潛水艇，來把咱們給拱掉，那比拿下金門還划得來。然而這不過是大師獨有的那種自我嘲弄的幽默而已；果若由于我們全體殉難，以至留下二十年的空白，中國不再有詩、不再有小說、戲劇、音樂、繪畫……倒也是挺夠我們自豪于九泉之下了，自然是都很含笑的。

在我最初草擬計劃時，「軍中文藝工作者戰地工作隊」的命名，就沒有被採納。上官的構想，硬是要把「作家」這頂響亮的榮譽冠戴到隊員們的頭上，將士們易于接受，接待單位也會分外的重視。道理是不錯的，然而我就想，這批又調皮、又懶散、又不很乖的搗蛋鬼，怎麼偏在這些將軍們的眼裏如此的心肝寶貝！

至于被倔強的中尉誤會成「以軍作家戰地工作隊」，這可是我們全體隊員發揮再高的想像力也無從創造出來的。所以螞蚱說：「誤會也是一種創作。」原來他一直歪在三張拼做一起的椅子上，並沒有睡着。

「而且是傑作。」又一個假寐的接過去說。是大師那磁性的低音。

「怎麼樣，大師？起來喝湯罷！」

放翁撇起河南土腔說。

「不行，燕窩湯也沒有胃口。」

我們都笑他是假海軍，這麼樣的經不起風浪。

「假是一點不假——是假包換。不過『稻田海軍』倒是真的。」

放翁捧了半碗麵條，坐到大師一旁的沙發把兒上。「來罷，胖兒，」喊起大師的小名。「喝下去就好了。給你冰糖過嘴。」

這是衝着大師的詩鈔裏那股子土味兒來的，引起我們噴飯，大個子嗆得麵條打鼻孔裏竄出來。

我們就又談起老夫子和倔強的中尉所發生的後艙事件，這是繼三〇七號出港又回籠的事故之後又一次的趣味，立刻比消夜要逗胃口的把大夥兒都興奮起來了。

螞蚱氣不過，要去整一整倔強的中尉。「是嘛，」大個子接腔說：「我就主張抬着胳膊腿兒，丟下海去得了。」

「那好，咱們戰地工作隊，第一樁就幹下這麼驚天地泣鬼神的革命大業！」

「還沒進入陣地，不能列為戰果。」

不過也有的罵老夫子太窩囊。「我只說——天下只我這個人甩麼，倒有比我還差勁兒的。等會子看我誚撩他！」

「依我看，」我說：「倔強的中尉歪理粘纏了半天，要緊的理由並沒說出來——而且也不大好說出口。」

「要末是看到後艙給我們佔了，官廳也給我們佔了，眼紅？」

我倒沒有想到這個。我的推理比較紮實；當初船開走了，把我們撇在碼頭上，倔強的中尉他們那一夥兒，立刻把後艙我們那些牀位給佔去，那總比睡甲板或者前艙地板舒適多了。等到船出了港又回航，儘管那末些戰士衝着我們高喊：「嘿，你們勝利了！」那只不過是瞎起鬨，我們大可不必自作多情，看做是對我們的歡呼，而更壞的是，顯然我們太過特權了，那是很難令人下嚥，特別是對于休假中的前線有功將士，很壞的刺激；更何況從前線上下來，不管是駐守還是打仗，回到後方，看着甚麼都不順眼，我們都有過這樣子的經驗。

「倔強的中尉儘管不大好說出口，我們自己倒實在應該檢討檢討。所以冷靜的想想，老夫子還是比我們成熟得多。單是忍得那口氣，就很難。我們還沒有誰比得過老夫子。」

「我不完全同意；太惡劣了——那個中尉。」大個子仍還心有不甘。「全艦上有功官兵也不止他一個。」

「差不多，我數過了，二十張牀，躺着十六個都是佔了我們鵲巢的鳩兄鳩弟。恐怕哪一個都不是好惹的。」

「倒真想見識見識這位倔強的中尉——誰這麼損，創作了這麼個頭銜？」大師綻開一臉激賞的微笑，很感興趣于「倔強」的和「損」人的這兩個人物。

但是船近金門海面，無風無浪，夜也快盡了，大家上上下下取洗臉用具漱洗，沒有誰再看到那個中尉。

「其怪遂絕！」螞蚱笑出他那註冊商標的一口螞蚱牙。「後來越想越怕，大概真的躭心會把他押解到金防部去發落，現在是老鼠中尉了。」

「軟弱的中尉了。」

我們笑談着，大家擁到甲板上去守候日出。

海水黑得令人想起仙草冰。風浪一停，暈船便霍然而癒。昨晚上當場還席的大號胖子等不及開早飯，打底艙的福利社買上來三次麵包，他自己才落住一個，生吞剝的來不及撕淨包紙就吞掉了大半個。屠夫是每次攔截，每次表演他一口一個麵包的絕技，一面慷慨的放賑。「吃嘛吃嘛，便宜嘛，福利嘛……。」堵一嘴的麵包，那末含糊的嚷着，把小白的克難牌香菸也搶過來散發：「都抽嘛，公家配給的嘛，只可請客，不准轉賣嘛……」

而為了反擊放翁舊話重提的罵他「賣猪肉的上了舞臺」，他開始數起放翁十大罪狀：「第一條，每次排戲，他非要演男主角不可——憑他那副長相。第二條，用鄰兵的蚊帳搓香港脚。第三條，在教室裏小便。第四條……算了，以下七條，等今天開晚會時，再當眾宣佈。」

這樣的胡鬧着，用過早餐出來，船已停泊在料羅灣的海上，等着上潮搶灘。我們的心情開始沉重下來；倚着船欄，在晨霧漸漸的消化之後，遠眺着蒙塵的山河，說不出我們的眼睛是欲淚還是欲血的感覺。

福建省，我沒有到過那個地方。在童年的印象裏，那是和南天門和夢一樣的遙遠的虛幻。然而現在，那是歸不得的故鄉那末的令人親切而低迴。不管怎樣，那武夷山，那九龍江，都是和我們的故鄉山林連着山林，江河連着江河，同在一整塊的版圖上，沒有海洋隔斷着，故鄉泥土的芬芳，從那裏縷縷條條的飄送了來，真的辨不出欲淚還是欲血的戰慄。我彷彿聞見故鄉的槐花香，黃華華的一樹，黃華華的一地，而我拾不到一小片一小片那黃華華的一點兒碎瓣，那已經是留在故土上的親人們最上等的飼料了……。

在料羅灣外的海上，等着漲潮，等待到日頭好高，好像有意要我們這樣的悵惘久一些。

「曉道哇？我們現在是在圍頭的岸砲射程內。」

老夫子說這話的用意不知何在。

「我們停在這兒這麼久，捱打的公算大不大？」基子用他鋼琴家的長指頭，下意識的比出一個圈圈，鄭重的問着老金門的老夫子。

基子翹起一邊嘴角，俏皮的笑着。但看得出來，他笑不掉心底下那點大家所共有的不安。這使我想起大師那個嘲弄的幽默；半天零一夜的航程，我們沒被魚雷快艇或者潛艇拱掉，是洪福齊天。儘管那是不大可能的事，而且在海平線老遠老遠的那邊，護航艦小小的黑影一直停留在那兒等着三〇七號登陸回航，仍然，我們還是有一點歷過一次險以後心裏落了實的感覺。那末，現在且不必動員魚雷快艇甚麼的了，很簡單的，集中兩門大砲，即使雙方曾經簽過甚麼停戰條約，也並非保證打不響，對于共產黨來說，簽約的意義不過是為了要撕掉。好了，可以回答基子，我們沒有誰投過戰爭的保，這是可以十分確定的。「八二三」雨落在金門島上的彈片可還沒有冷。把我們這一夥兒打掉，說比拿下金門還划算，那不是正經話；但是要說我們絕對比一艘登陸艦的價值高得多，倒是不會臉紅的。

快九點半，那個和我們一直避不見面的年輕艦長，踏着不知有多自信而誇傲的大步子走上艦橋，艦是發動了。

「所以你還是太君子了。」

大個子的三角眼從指揮臺那裏移回到我的臉上。

「甚麼意思？」我很不解他這個貿然。

他指指腕上的手錶。「足足等有兩個小時零四十分。那小子說的——趕不上潮水！」

「你還在記恨着？」

「那我們跟港口司令報告的，至少沒有冤枉他；你倒覺得對不起人！」

大概那是我唯一的美德了；總是情不自禁的替對方找出充分可原諒的理由，所以在記恨人方面，我是患有嚴重的健忘症。誠然，艦上既然無法供應我們午餐，讓我們臨時去市內張羅，時間自然掌握不住。縱使這樣，我們趕到碼頭也並沒有遲到超過五分鐘。而船已離岸，可見絲毫沒有稍等我們一下的意思。但是作為一個艦長，準時開船實在是非常應該的，有甚麼可記恨的呢？況且放翁告訴我的海軍知識，艦長駕駛千噸萬噸的艦隻，不是駕駛計程車，說開就開，說停就停，說調頭就調頭，這就更足以助長我的健忘症了。至于那位倔強的中尉，想到「英勇的前方將士」既然多半都是那樣的情緒，我們也便樂意用受點氣來慰勞人家的勞苦功高。這樣看來凡事都不是很快樂人的麼？也許大個子之長不高，未始不是心情妨害了發育，這似乎是很可能的。

三〇七號直湧到料羅灣的黃金沙灘上。我們還是正式的拜謝了馮艦長；開始有些尷尬，一下子也就嘻嘻哈哈了，這樣，彼此心上都少了一串兒不必要的耿耿然。我們走在最後，下到坦克艙，從艦首的大門下船。

螞蚱嚷着掌旗官哈薩克，要他把咱們的隊旗打好，免得又讓人讀成以軍作家甚麼的。從底艙望出去，我們像走在城門洞裏，城外一片陽光，黃黃的沙灘上盡是人和物資，使人想起徐州黃河灘上的集市。去吃小攤兒罷，聽聽大鼓書，很快樂的一羣……忽然連連的幾聲巨響，艦身搖動起來，我們也忽然感到是被裝在一隻大鐵盒子裏。一個茫然的念頭掠過腦際，鍋爐出毛病了麼？

「快！」老夫子從不曾那末魯莽的叫喊過。「砲來了，快上岸！……」

那末寬敞的大門，抵得上城門洞，却在這頃刻之間縮小了。底艙原沒有多少人的，可是一下子擁擠不動，城外的人也立刻亂起來，往城裏擁擠。

不好了，意識到大師的幽默而感覺不出還有甚麼幽默的味道，畢竟是衝着我們這一夥兒「精華」給臉色看了。

又是一整串的爆炸和震動，這一次艦身穩穩的沒受影響，然而城門外一下子揚起了黃煙。擠出大門，海灘上一片飛砂走石，草綠的兵羣蹦跳在迷霧裏搬運槍火和米糧，沒有語言意義的嘩叫着。

「工作隊，請隨我來！」

我們跑下跳板，正不知往哪裏奔逃，有個戴鋼盔的草綠軍官向我們揮手叫喊。

「工作隊的，這邊來！」

我們一個個傳聲筒似的接應着呼叫，跑在陷脚的沙灘上。跑在前面的大個子，只見他以跳水的姿勢，撲一個空的摔倒下去。他那個結構複雜的爬山背包丟得好遠好遠，恰像一隻走了手的大蝦蟆，打他胸前跳出去。

跟隨戴鋼盔的草綠軍官穿過沙灘。大家連滾帶爬的臥倒在一帶海拔不到三尺的土丘左側，一個個的臥臥滾滾，老覺得趴下去的地方便是自己葬身之處的得不到安全，停停又爬一陣，爬一陣又停下來，拖着各自的行囊好像拖一口肥猪那末累贅。砲聲依然不絕，大家又累又怕的喘得換不上氣。

「好了，這兒安全多了！」戴鋼盔的草綠軍官半跪起來喊着說。

我們是夾在一遍草綠的兵窩兒裏，但是很容易分辨出工作隊的人——我們穿的是黃卡其夏服，和沙灘的顏色很相近。

相顧之下，彼此都很不體面的一臉土色，一臉的髒相兒。

我跪起來清點人數。由于都很熟識，不用說背面，就是一隻胳膊一條腿，也認得出是誰。果若誰給砲彈炸崩了，大概一塊一塊兒的都兜得齊全。我數着，心裏一面這麼想着。但是不夠二十一個人，差放翁，還差老夫子，另外還差一名，一時查不出是誰。而找出名冊來查對，這不是個時候。我看看自己的提包，拉鍊開了一段，提包裏滿是沙子，怨不得這麼重呢。

我半跪着，儘量提長了身體打土丘上面望去。

「沒到齊嗎？」戴鋼盔的草綠軍官問。他的長方臉緊張得挺板硬。

三〇七號冒着煙，艦右側連連的頂起一排水柱，砲聲咕咕咕咕的迸響。

「中彈了！」

背後誰這麼叫起一聲。

再回頭時，只見從三〇七號那裏直到這邊海灘，螞蟻搬家一樣的兵羣當中出現了黃卡其。

「老夫子！老夫子在那邊……」我忘形的衝口喊出來。

一下子我們都站起來。

「危險！危險！……。」

背後是戴鋼盔的草綠軍官在叫，我們不理會，重又陷足在深深的沙灘上奔跑。

你真不能相信老夫子背上揹的是一袋水泥，小步子飛快的很，他傴僂着，看不到我們，船形帽也不在頭上了。

有人喊着要棄艦了，三〇七號後艙中彈，怕要引起鍋爐爆炸。噢，怎麼可以！忽覺得三〇七號是那末的親愛。

我們一夥兒幾乎是盲目的奔向三〇七號去，誰也不知道要奔過去做甚麼。在感覺上，我們好像只是奔向一個受難中的朋友。

「危險！趕快回來……」背後的喊聲追上來。

而且你也想像不到，大號胖子和放翁剛從城門洞裏擠出來，兩隻大刺蝟，他們扛着做掃帚用的大綑細竹梢。看來不很重，但一定是很難纏的東西，體積太大了，又戳人。

「好了，搶的差不多了……」放翁給竹梢綑子制服得昂不起頭來，翻着白眼向我們喊叫。

跳板上正一個接一個兇猛的滾下來五十加侖的瀝青桶。推滾這些大桶的草綠老總們，喊殺一般的叫岔了聲，屬于戰爭的惶亂。我們躲開這些撞得死人的古戰場的滾木，擠進艙底，分頭去搶運確已賸不多少的水泥包，麵粉袋，鋼筋，瀝青桶等等。

坦克艙裏有後頭湧進來的黃煙，硝磺和油脂燃燒的氣味。兩個戴車輪帽的水兵打後頭那邊艙門竄出來，扛着器材甚麼的。

「棄艦也是簡單的啊？」

大個子像是跟誰吵架的嗄着嗓子窮吼，我們倆合夥兒才搬得動一袋水泥。直喘，指頭抓着袋角，用不上勁兒，好似獵着一頭大發獸性的野猪那末的大費手脚。我們脆弱的指頭已經疲勞到極限，眼看就瀕臨抓握不住的地步了，兩個人莫名其妙的打着轉兒，從跳板上推磨似的掙扎下來。

負責接待我們的那位草綠軍官，完全失去接待之禮的一直壞脾氣的嚷嚷，但是也就跟着搶起任務，跟屠夫合夥抬一綑蠟燭粗的鋼筋，多麼使他動怒的分外任務啊。而且比他高得多的屠夫，鋼筋的重量不免使他這一頭承荷的多了一些。

半晌兒沒再落彈，太陽也亮起來了。

「你們先躲開！」老夫子匆忙的向我們揮揮手臂。「你們不懂躲砲彈啦！……」

他一路跑過去，一隻褲筒捲到膝蓋上頭，雪白而乏肌肉的小腿兒倒是撥動得飛快。忽一陣熱砂劈頭蓋臉的撲過來，不是本能，或者是比本能還要迅速的甚麼，我們被燙臉的熱風打倒在地上。

砂塵嘩嘩的雨落着。

抽動一下臉前的手指，手背上一層細砂順着每個指椏縫兒流洩。齊目的黃色沙浪，往遠處波去……沙浪又活過來，無數的脚又活過來，好像確是死過了一次。那爆炸之前走過頭頂鑽鑿而來的彈嘯，似乎這才在耳膜上蠅響起來，確是又活了，這一切。我試着想爬起來。

想到這就是我們來到戰地的第一樁工作，也挺像那末一回事的了。忽然無來由的記掛起倔強的中尉和馮艦長。左邊那一排大約不到三尺口徑的混凝土管裏，藏着一些人。那不是大個子嗎？頭直不起來，皮鞋脫在手上，正在倒鞋殼裏的沙子。聽見他在跟誰爭論：

「……沒有總司令點頭，誰敢棄艦？……」

不知道他為甚麼老是嘀咕着棄艦不棄艦的。

「來吧，大個子！」我叫着。「再搶一趟差不多了。」

然而我們的滕隊長跑來，後面跟着那位負責接待我們的軍官。

「老弟，差不多了，別讓人伍參謀着急了罷……」

「拜託了，拜託了，」伍參謀一旁打躬作揖的苦笑着：「我們車子停在那邊。中校，幫忙啦！我簡直要跪下磕頭了。」

于是我們分頭去喊人。碰見奔跑的擔架。三〇七號艦尾上的黑煙似乎下去了一些。

「歸建！歸建啦！」沙灘上不止是我們的人這麼喊叫，夾着急切的哨子聲。

「好戲！一齣非常夠戲劇的戲！」屠夫丟下一包水泥，誇張的一下下揮着手臂說。

「歸建啦，上車再說。」

「你怎麼可以拒絕我跟你說戲呢？你是副隊長又該怎樣？大官，你扼殺民意嘛！……」

我們朝停在土丘那一邊的兩輛四分之三跑去。屠夫說，倔強的中尉上了擔架了。

這給大家一個驚訝。

「老小子，這也是好戲？」大號胖子整個上身都給濕透了。「入媽媽底，你是幸災樂禍。」

「你怎麼可以這樣急色兒！倒敘，你懂麼？」

「這他媽媽底跟倒敘有啥關係？人家負傷了，你當作……」

「負的甚麼傷？你看到沒有？你知不知道？你怎麼可以這種態度？」屠夫又耍起他一貫的做戲。「你怎麼也像製片人一樣的不懂戲劇？那你這樣和稀泥，一點戲劇感也沒有，也能給電影配樂？你怎不先問問老夫子，倔強的中尉負的甚麼滑稽傷？」

這是頗為令人發噱的；可見作為一個劇作家是怎麼樣把電影公司老板恨得入骨。所以這一陣砲擊之下的惶亂、恐懼、胡天胡地的熱夢，瞬間都給屠夫的幽默驅散了。老夫子走在滕隊長和伍參謀那一夥兒裏，離着我們有一段，我們停下來等着。

放眼望去，料羅灣黃金的沙灘在晴亮的陽光下，東西綿延到視野的盡頭。平靜的藍，藍之上有平靜的閃灼，遠處明滅着暗礁沖擊的白色水芒。三〇七號健在，海灣如恆，哪像有過一場激烈的風暴！一如從十四號碼頭到料羅灣的烈日和長夜之不曾發生過任何事故。所有那些個胡鬧，也便像暈船和嘔吐一樣，此刻不再存留于我們的感覺，即便努力去感覺而也無從感覺了；沒有甚麼可回頭的，未始這不是時間所給予人的無可奈何，拉不回來了。然而當我們需要某一種揚棄的時候，或者那正是我們的所望，的所求……親愛的三〇七啊，你健在就好。我似乎想起了甚麼：

「我等或將不致太輝煌亦未可知……」

回顧大師，在他凝視如此平息的海灘之此刻，他的瞳子又將怎樣攝取昨午到此時、後方到戰地的種種和等等？並將作何濃縮而提煉？

這天晚會上，大師為老總們朗誦他迷人的即興詩：

……

我們將走進歷史的盛夏；
在鋼盔中煮熟哲學，
自鐵絲網裏採摘真理。

堅定如一顆準星，燃燒如一條彈道。
我們等待戰鬥如同等待一個女人
一個節日。
……

一九六八年夏

祖與孫

一路緩緩的參觀過來，沿着鍍金的鍊欄，我們祖孫三個挪步在華麗有王者氣的紅氈上。

這所曲曲折折的長廳裏，陳列着車輿類的歷史文物，甚至連滑桿也有。滑桿抬在兩個蠟像脚夫的肩上，不僅酷肖的很，就是竹竿磨光的色澤，和座底藏垢的細微之處，所有這些趣味，也都表現了出來。坐在滑桿上的蠟像，完全是袍哥兒打扮，肚子上勒着錢兜兜。那些舵把子人物未必就坐滑桿，但是對我這把年紀的老人，總是一下子就觸動了許多記憶還那末鮮麗的景象；七十年前抗日之戰的大後方那番風情，不就是這麼個味道麼？

「你們倆小傢伙，覺得怎樣，唵？」我自己是感到很滿足。

「好有意思！」

「爺爺，你坐過嗎？」海柔仰起紅噴噴的小圓臉兒。

「就像現在這樣，」我笑笑。「看着人家坐。」

「那爺爺你多虧呀！」

「有甚麼可虧的？爺爺那時比你們現在大不了幾歲。」

「要幾歲才配坐滑桿呢？」女孩子真多問。

「跟歲數沒關係，爺爺把話說擰了。不過小孩子不大出遠門，又是住在重慶市裏……。」不對，這不是理由，都不很充分。讓我想想，該怎麼給孩子們說清楚些；給孩子長見識，要緊的是講實在，不能像我們上一代那樣，順口就把孩子打發了。

要說給孩子長見識，也是感到很羞慚的；我還不是枉活這把年紀，連甚麼軾呀，較呀，軫啦，軌啦……也都幾乎一無所知。誰若說我不是中國人，我哪裏服得！

「不過這玩藝兒，爺爺可坐得多了。」

我們來到三輪車跟前。這應該是最最近代的古物了。我的趣味專注在車座後面的噴漆字和車牌照上，讀着，有一種如見故人的感慨。

「那媽跟爸爸坐過沒有呢？」海剛搧着手裏的參觀卡。這樣低溫的冷氣，小鼻尖兒上居然出汗，孩子們真是火力大。

「瞧，車上，不是坐着媽和爸爸！」海柔調皮的說。

我們蝦下腰去看，放得低低的車篷子底下，坐一對摟着肩的年輕人，似乎是小夫妻罷，又有些學生模樣，服飾顯得有些出入。我想努力的去記憶那個時候我們常穿的甚麼式樣的服裝。

「爺爺，不是問你嗎？」

「嗯？」從記憶裏醒轉來，我說：「啊，你爸爸他們是不是？我想想看……。」

我倒真沒把握肯定怎麼樣。想不到不過是三十來年的光景，記憶就不很清楚了。或許這跟年紀有關係。坐，他們恐怕還是坐過的，可能機會不很多了。這和記憶當時的服飾差不多，要扳扳指頭算一算年月。是該這樣的，不要把孩子們的問題等閒視之。

我想，車座後的噴漆和牌照，該不是隨便設計的罷，三輪車的歷史命運，最後是結束在我們流居臺灣省的那個時期，屬于當時整頓都市交通的政令之一，記得有些警察分局收繳的三輪車，新的、舊的、半新不舊的，堆有房子高。

「你看那像你媽跟你爸爸嗎，小柔？」

「開玩笑的啦，爺爺你當真了。」海柔說。忽又睜大眼睛，想起了甚麼的樣子。「對了，爺爺不是說，媽和爸爸他們很小的時候才坐過嗎？」

「嗯，大概是；他們沒等成年，恐怕三輪車已經絕跡了。」

「是啊，那車上坐的就是你跟奶奶了。」

「哈，小壞東西！」

「好親密喲！」小傢伙的唇角上，居然漾起微妙的嘲弄。「爺爺，你不是常說，你和奶奶那個時代不是很古板嗎？」

「那又不是真的爺爺跟奶奶！」海剛替我辯駁了他的小姐姐。

「也不能說是那個時代；不過爺爺跟奶奶比較古板些。」

「那爺爺跟奶奶從來沒有這樣親密過——坐在三輪車上？」

「嗯，」這些小腦袋裏裝有這許多問題！我們這一對讓人目為福壽雙全的老人，對于倆小傢伙似乎不知寶藏了多少神祕，成天被他倆問東問西的挖掘。這樣也倒是一種享受罷，活在豐富的回憶裏，老年人的日子就是這些個情趣了。我想起那個山東老憨，給我們印象很深刻的，那位不知名的三輪車夫。「有時候……當然也會了；譬如下雨天……。」

碰到那個絕戶頭的三輪車夫，那天晚上，便是個雨天，而且雨下得很大。那景象開始活起來。

「是不是因為下雨天，路上沒人看你們了？」

「嗯，很會想。不過，下雨的時候，這個車篷前面，要懸起一塊油布——後來塑膠工業發達了，就用塑膠布了。」

「嗯，我懂了。」

海柔紅噴噴的小臉上，幾乎是一種不懷好意的笑，用手遮掩着。

「小壞東西，人小鬼大！」我頓了頓手杖。

「那我要問奶奶。」

「不相信爺爺的話？」

「不是啦，又沒說你蓋人。我要問奶奶跟爺爺有多親密。」

「奶奶不會告訴你的。你倒可以問問她，問她還記不記得，有一次我們被一個三輪車夫給轟下車來了。」

「為甚麼呢？」

「奶奶會告訴你們，她大概不會忘掉。」

這麼一來，算是引起動機了，海剛也釘着問。

「奶奶會記得更仔細。」我推脫的說。車子滑行在下坡的陵園道上。

「我們不要聽仔細的。」

「真的，先聽為快。」

倆小東西都趴到前座的靠背上來。

「別攪亂爺爺，」我把着方向盤，脚底下隨時準備煞車。「瞧，坡子多陡！」迎面馳過一部普藍小車，撕下一塊喇叭聲。

「那個三輪車夫好壞啊，是不是？」海剛徵求他姐姐的同意。

「當然啦。」做姐姐的說。「也不一定，要是爺爺得罪了人家呢？就不能責備人家。」

「噯，也許。」

分明鏡子裏映出他們在遞眼色。這一對狡獪的小東西！天使的臉上戴起魔鬼的面具。

「爺爺，你可以開慢一點兒。」

「是嘛，慢一點兒比較安全，也不影響說話。」

我是暗暗的偷笑這倆小傢伙，又不忍把他倆憋得窮挖心思。

「知道嗎，咱們山東人那個戇脾氣？」我說。

「怎麼不知道呢？奶奶說過，因為吃槓子頭的關係，所以才那末戇。」

「槓子頭不壞，可以做太空糧。」我是把車子減速到二十里。「可是爺爺牙口不行了。」

「所以爺爺脾氣一點兒也不戇。」

「戇，還是很戇的，不過碰上那末一個脾氣戇到天的三輪車夫，就拿他沒辦法了。」

「爺爺是不是得罪他了？」

「小剛，」海柔阻止她的弟弟。「你不要打斷爺爺的話嘛！」

「『山東人』就行了，得不得罪都是一樣。別的任何省分的人，都沒山東人這麼又臭又硬——」

「毛廁缸的石頭！」海剛接話倒接得快。

「就拿踩三輪的來說，人家是人也收拾的乾淨，車子也保養的漂亮，車子停在十字路口，一刻也不懈怠，眼觀四面，耳聽八方。客人一招手，拉着車子就跑過去。到臺大多少錢哪？您看着給罷。隨意。陪着笑臉，幾塊錢的小來去，誰好意思斤斤較量呢？……」

「那怎麼不裝計程表呢？」

「唔……那不是沒有性格啦？」

「對嘛。小剛你就不要老是打斷爺爺話頭。」海柔說。

打小鏡子裏看了他們倆一眼，海剛正朝他小姐姐皺鼻子。

「後來呢？」

「那有甚麼後來？當然了，人家是會奉承的，找個閒話說說。這麼早就出來啊，你先生，太辛苦了。車子是不緊不慢的蹬着，時時注意路面，不要顛了客人，也從來不爭強鬥勝的超車鬧事。等停了車，其實沒累到哪兒，腰後面扯出毛巾，一把把抹着壓根兒就沒有的汗。唉，哪一行飯都不容易吃。讓你這麼樣感覺。你就心軟了些，手頭也大方了些。你問他多少錢，還是不說的。您看着給罷。掏出十塊一張的票子，他沒接錢，就先周身上下的摸口袋。先生您有零錢還是給零錢好了，我這兒沒零的找您啦。然後做出挺為難的樣子，接過錢去。這麼着罷，您請在這兒等一下，我到對街小店去換個零錢。你給他伺候得這麼舒坦，哪還去計較三塊兩塊的呢？算了，不找了。他可是就等你這句話，千恩萬謝，哄得你暈暈兒的，樂着呢。」

「好詐喲！」海剛不服氣的說。

「那我們山東人就不這麼詐，是不是，爺爺？」

「山東人也炸的，不過是爆炸的炸，一下子就跟客人弄崩了。車子停在路口上，叼根菸捲兒，大腿蹺着二腿。有孤王，打坐在，梅龍鎮……哼上一段兒。等聽到你在路這旁喊車子，這才回頭瞄你一眼。三輪車！你叫罷，他看着你，就是不動，嘴裏還嘀咕着：街對街這點兒路，奶奶的，腿斷啦，走不過來？先就弄得你心裏不舒服。等你走過去，你問他：怎麼喊你半天，你聽不見嗎？你猜他怎麼回你的？——俺不是在這兒等你嗎？你不是也走到這兒了嗎？就是這麼着叫人生氣。好了，到臺大，你要去？——跑那末老遠？他是不情不願的，七塊！聳你這麼一聲，吃槍子兒長大的，出口就傷人。你要是跟他還價，五塊怎麼樣？猜他怎麼嚕你？——五塊？俺坐上去，你拉俺好嘞，俺給你五塊！」

「爺爺，你太誇張了罷？」

倆小東西都樂開了，笑哈哈的。其實我的山東話也說不好了，撇腔拉調的。

「不過，爺爺，我覺得還是山東人可愛。」

「噢，可愛嗎？吃甚麼？」

「那山東人也沒餓死啊，都是好大的個子！」海剛說。
「可是爺爺跟奶奶被他趕下車來了呀！」還是女孩子比較體恤人。
「那也不一定要怪人家不好，凡事總要先看看自己。」
「是不是爺爺和奶奶得罪了那個車夫啦？」
「不是我們得罪了他，是他覺得我們得罪了他。」
那是亞熱帶多陣雨的季節，天，悶熱一陣，下一陣；陣雨過後，沒覺得怎麼涼爽，悶熱又開始一點一點的積聚，積聚滿了，又是一場驟雨。那個季節裏的天氣，就是這麼樣頻繁而機械的變化着。
就正趕上那個時候，大太陽底下來，大雨底下去，兩個人東跑西跑的辦理那末繁瑣的出國手續。
「奶奶那個脾氣，一輩子都改不了，你們是曉道的。如今晚兒，還是那樣，不要說出趟遠門，就是打算逛逛明孝陵，遊遊玄武湖，她就能興奮得頭天一夜晚睡不着覺，翻來覆去的折騰沒完兒。所以每趟出去玩了回來，她都比別人玩得累。別人總以為她太胖了，負擔重，所以容易疲勞，只有爺爺有數，首先，她就沒有睡足覺嘛，焉得不累！」
「對了，」海柔有她爸爸的遺傳——或者是習慣摹倣，一興奮，眼睛便眨得好快。
「上天，大表叔請我們去燕子磯玩兒，半夜裏醒來，還聽見奶奶走裏走外的準備野餐甚麼的，一頭自說自話：這麼早就動身，人家板鴨店就怕還沒開門呢，吐司也怕買不到罷，只好……買甚麼好呢？一個人跟自己講這講那的，我真要笑了。」

「她年輕時就是那樣，爺爺常取笑她是『雙重人格』，做一件事，先要跟自己說一聲；洗臉！然後去洗臉。睡覺啦！然後上牀。爺爺笑她總是給自己下命令，然後再有行動。如今年紀大了，越發嚕嗦了。」

「不過，我好喜歡奶奶的天真，有時比我們還孩子氣。」海柔說，拍手拍得很響。

「所以，像那樣第一次出國，當然她是興奮得要命。坐在三輪車上，不住嘴的講這講那，為她那些雜亂的想像興奮不已。」

「恐怕我也會那樣。」

「你真是奶奶的好孫女！」

「爺爺，要是照比例，出城一次就能興奮得整夜睡不好覺；出國一次，不是至少一個禮拜鎮靜不下來了嗎？」

從小鏡子裏，我看了海剛一眼；大概算術正教到比例了罷？

「嗯，恐怕不止一個禮拜。她想的多着啦，甚麼走阿拉斯加要不要停留幾天，看看愛斯基摩人的生活。甚麼到好萊塢參觀影城，或許看得到蘇珊・海華啦——她是迷她迷的不得了。」

「爺爺，是不是那個時候好萊塢很了不起？」

「也不是很了不起，真正的電影藝術還是在歐洲，像意大利、法國甚麼的。不過好萊塢的實力很雄厚，片子不管好壞，猛出，幾乎霸佔了整個國際市場。」

「怎麼現在就站不起來了呢？」

「這個……」我可沒有去注意過。「問題很多；總之，一個國家衰微了，甚麼問題都來了。爺爺跟奶奶出國的那個時候，美國那個國勢還得了！可是前後也不過不到五十年的工夫。現在，你們能想像得出嗎？那個年代，誰若去一趟美國，不管留學還是跑跑，那是挺光耀門庭的一樁大事……。」

「好滑稽嘞！」

「到國外去深造，當然是無可厚非的了；做學問嘛，是不是？沒有國家界線的。可是那個時候，差不多是一窩蜂的，為了去美國而去美國，甚至想弄個美國國籍甚麼的……。」

「為甚麼呢？」兩個孩子同時不解的問。

「當然，做父母的無知，該負大部分的責任。」想起我們兩家的上人，那末樣不惜成本的為我們出國張羅，真如同患了一場熱病。「當時流行一句話，把兒女送去美國，就可以等着做美國人的祖父了。你們可以想像做父母的心理了。」

「那多可恥呀——」我看到海柔忙着摀住嘴巴，要把說出口的不遜給摀回去。

「是那樣，沒錯。」孩子的這種論斷是該受到尊重的。「就連爺爺跟奶奶，何嚐又不是淺薄無知得要命呢？把美國看做人間天堂那樣……。」

「現在爺爺跟奶奶就不會那樣了。」海剛說。

「也很難說的；如今國家是強盛了。要不然，一個人的觀念會隨着年齡增長，愈顯得落伍。」

「才不會呢，」海柔把額角抵在我的後腦上說：「媽就常說，爺爺腦筋比爸爸還進步。」

「那是溺孝，懂得嗎？就像溺愛一樣。要說腦筋進步，當年爺爺還趕不上一個三輪車夫。」

「哪個？就是把爺爺跟奶奶轟下車的那個三輪車夫嗎？」

那樁事，給我們的印象很深——也可以說是影響很深；如果說那比出國前的留學生訓練還要受益多些，似乎也並不為過。

「他把車子停下來，解我們面前的擋雨塑膠布。」那個情景，仍如昨日一樣的新鮮。「不對呀，看看外面街景，雨不很大，還沒到。我說，你弄錯了地方，金門街，知道嗎？猜他怎麼樣？你們給俺下車，俺不拉了！中華民國盛不下你們。這把我跟奶奶給弄愣了。滾，滾，美國啥都是好的，大糞都是澆上奶油的，該享福你就去享吧，蜷在俺三輪車上受他奶奶啥的罪！這才我們弄清了甚麼意思。算甚麼呢，這是？坐你車子，給你車錢，你管得了這麼多！氣得我跟奶奶跳下車來，奶奶拿着手提包搪雨，爺爺數錢給他。俺不要你的錢！俺只要你們懂得，踏三輪兒的不如人，可是地地道道的中國人。他就真的不要錢，跨上車去了。臨去還又勾過頭來丟下一句話：國家不如人，啥都是空的！就那末着，把奶奶跟爺爺丟在半路上淋雨……。」

「爺爺你生氣嗎？」海剛探過半個身子來問。

「怎麼不生氣？還沒有那末好的修養。」

「那人講的很有理呀！」

「就是因為自己沒有理，才生氣；而且又沒法子出氣，就更加生氣。」

「爺爺，我敢說，你跟奶奶出國之前，一定絕不再坐三輪車了。」

「這倒不很記得了，不過理論上是可以成立的。」

「那爺爺跟奶奶生氣到甚麼時候呢？」海剛的眉頭皺得很緊。

我想了想。「大概是生氣到慚愧的時候為止罷。」

「啊，不要啦，爺爺好偷懶！」

「那你跟奶奶又慚愧到甚麼時候呢？」海剛認真的皺緊眉頭問。

「如今，沒甚麼可慚愧的了。譬如，那個時候把三輪車取締了，滿街跑的計程車，等于還是外國貨，我們只會造個車殼子。看看爺爺這部華夏牌的車子，看看全國公路上和馬路上跑的車子，沒甚麼愧可慚了，是不是？」

「爺爺，你猜，那個轟你下車的三輪車夫還在不在？」

「傻瓜，」海柔笑起她的弟弟。「爺爺又不認得他，怎麼知道還在不在？」

「他還在，」我說。「就像三輪車取締了，他還在是一樣的。我們的記憶裏有他，就證明他還在着。」

然而這話多少是有些虛偽的；若不是今天參觀了民族文物館，三十多年前的舊事，儘管曾給我們的印象那末深，再過許多年許多年，我們都不會再記起它來。不過，至少現在那個三輪車夫又存在了；存在第三代孩子們的記憶裏。也只有這麼樣的解嘲了罷？

一九六八年秋

加減乘除

「石先生！石先生在家嗎？……」

恐怕又是那個傢伙在樓下叫，仰着臉，那末公然的叫喊；蘭香有這樣的印象，雖然她是個懶于記憶的女人。

這是長長的一幢使人想到大郵輪的三層樓公寓，外觀很高級，而裏面則有意想不到的污濁和襍亂，譬如嘈雜、尿布、廢紙、廢塑膠袋、茶葉渣子、追打的孩子們和生煙的燃料。

蘭香的印象沒有錯，那個傢伙仰臉站在那兒。從三樓看下去，人的腿很短小，據說人類將來都會退化成那個樣子，頭重脚輕的醜鬼。蘭香是不會為那些千載萬世以後的人類命運發愁的，她連明天都很少去想。

真的，印象沒有錯，那個人要來喊這麼一聲，總是這樣的時候，太陽已經沉落，天色還很亮。只要是行裏不加班，或者沒去網球場練球，蘭香總是這個時候回到家，剛卸完裝，沙發上到處丟了些汗濕的裙衫、奶罩、和滾捲成蛋圈的絲襪，只穿一身襯裙和家常短衫。

覺得有些蹊蹺。以往的那幾次，蘭香似乎也有過這種認為。打陽臺上探出半個身子，只要回一聲：「石先生不在家！」人就乖乖的走了。那是誰呀？管他！真懶得管。那末多的外務，石就是那樣的人，跟誰都拉扯。石在外面幹些甚麼，從不說，她也從不過問，甚麼麻煩她都不要有。沒有甚麼比用心思更乏味的事了。

但那個傢伙到底是幹嗎的啦？「石先生不在家！」人就乖乖的轉身走了，腰裏塞一條毛巾。石儘管跟甚麼樣的人色都拉扯，怕還是沒有這樣的朋友——賣勞力的那一類人。

「找石先生有甚麼事嗎？」這次她多問了一聲。

人已經走到短牆外面，急急的搖搖手：「沒有事，沒，沒有事！」急急的走了。走路的式樣也是個賣勞力的。她抓起汗濕的窄裙抖一抖，把自己的下肢往有些發澀的窄裙裏裝塞，很不順利的裝塞。「做甚麼？」她問她自己，一面努力的往上提扯裙口。平時有些嫌自己的胸圍臀圍很寒磣，現在發現又不算小了。電視機正在放映卡通節目。

「太太要出去？」阿英帶一手的水，一手的空心菜葉。

「下樓去一下。」電視機忘掉關上，算了！馬上回來。

覺得自己中了邪一樣，一面拉着裙口上的拉鍊，一面咚咚咚跑下樓梯，需要轉回去走，再咚咚咚跑下二樓樓梯。窄裙的裙縫沒有穿正，看上去她這個人好像骨盤不怎樣健全。她自己也有些不稱心的感覺。

不知樓上誰家孩子放下的紙疊火箭，從蘭香蓬亂的頭髮上掠過，落到她眼前，存心取笑她似的。她就順便蹉上一脚，趕到短牆角上急于瞧個究竟。

就在短巷口那裏，以大馬路上來往流馳的車輛為背景的一方出口那兒，那個腰裏塞一條毛巾的傢伙正走近一個峭立的女人，揮揮手說了甚麼。

蘭香急忙躲回來。

有一種滿意從心上拖曳過去，輕輕的。滿意自己並非中了邪，滿意自己多麼機靈，多麼有見識——我是說這個人形跡可疑嘛，有誰能這樣的精明！

一直都在匆忙的日子裏木木生活的蘭香，很少還有閒情這麼鼓勵和欣賞自己。而她體內似乎確有精明的一部分，這一部分一經鼓勵和欣賞，便越發的精明了。差不多沒經過甚麼考慮，折回頭向着公寓前的深巷那一頭奔跑過去。

裙襬太窄，上下行裏的交通車，要偏着身子才成，脚底下又是兩寸高跟鞋。蘭香的短跑拿過省運亞軍，這却不是穿上短褶裙馳騁在三合土的網球場上。長巷成了馬拉松的跑道，顴骨上的肉也如短跑時那樣急驟的跳動在眼睛底下，視覺的餘光裏，兩旁公寓那鑲瓷磚的樓牆也跟着顛動，真是郵輪了。

希望有一輛湊手的空三輪車迎面過來——跑着，有這樣的心愿。

巷裏有零零落落遲下班的男人和女人，短牆裏有剛換上拖鞋的男人和女人，都不大認識，也不面熟。他們和她們心裏對她怎麼想？管他！怎麼想也猜不出她這樣奔跑出于甚麼原因。都是些愛看熱鬧又用不上心思的傻瓜！那末的猷頭傻腦。

丁字巷口有輛計程車按着喇叭倒車。巷路太窄了，車在巷子裏不比她窄裙裏的兩條腿有較寬裕的餘地，她被堵在丁字巷口一時過不去，一陣子好急躁。可是有多沒心眼兒呀，車是空的，不一定非三輪車不可。

蘭香沒有內容的喳呼了一下，近乎「喂喂——」甚麼的，加上一個就要攀上車頂的大手勢，車停下來，車還不曾倒好，斜斜的堵死了巷口。蘭香那被窄裙嚴嚴管束的兩腿，試了又試，跨在尺餘寬的陽溝上，勉強爬進車裏，裙襬終是被掙綻了線，而她不知道。

她拍拍前面司機的椅背，「上馬路！」只能說出這麼一個暫時的目的地。

「空車」的紅牌扳倒，六塊錢的數字頑皮的跳出來。

而她發現沒帶錢，身上也沒有裝錢的地方。

管他！總要坐回去的。等坐回去，喊一聲阿英——往往是喊好幾聲，脖子仰痠了，錢包就會從三樓上投擲下來。常有那樣的事，不止是錢包；傘、鑰匙、經常空投。一次傘柄向下居然半空撐開，飄了好一陣，飄到鄰家，蔚為奇觀。

「暫時停一下！」

她招呼司機，車還沒有上馬路。

左邊，應該是左邊，蘭香攀在左邊的窗口上急切的窺望。剛下了公車的一批學生夾着其他的人色湧過來，哪裏找那個腰繫毛巾的傢伙！那個女人只留給她一個倉促的印象，一身的淡蘋果綠的洋裝。而毛巾和淡蘋果綠，在這悶悶的向晚的街頭實在找不出一點兒形跡。一輛三輪車繞過車前搶過去。那條毛巾！她要破口喊起來。踏三輪的兩手撐在車把上，身子站直了踏，那毛巾上下沉落的幅度很大很刺眼，車上正是一堆淡蘋果綠，綠的上面放着一顆梳着道髻的頭。

又一次滿足，料敵如神的得意。蘭香這才好像第一次發現用心實在是很有意思的趣味。行裏一天八小時，數鈔票，按銅牌上的號碼付款，從不必再用心了，精明或不精明都可以勝任那樣的工作。而她發現自己居然具有這份潛力，驚人的卓越。

拍拍司機的椅背，亢奮而至于聲帶失去控制：「追，就是那輛三輪車！」連她自己也不相信那是她的聲音；近乎草裙舞那種歌唱的嗓子，存心學也學不來的。

司機按兵不動，轉回頭來問她：「妳是說追？還是釘？」

「釘？追和釘不一樣嗎？」聲帶又恢復了常態。

「追是要趕上去，抓到他的。」

「不要不要，我只要跟着他，看他們到哪兒。」

「釘的意思。」

「啊？對了，就是釘的意思。」

蘭香倒是沉得住氣，三輪車雖已去遠，那是經不住計程車一口氣就追上了的。只不過她一直都是目不轉睛的盯住那個獵物。
「太太，不大合適；計程車釘三輪車，不好釘梢兒的。」
「不要緊，你可以釘一會兒，停一會兒。」
又一次，她發現自己好機智。
「不成，隨便停車要記點的。」司機放棄方向盤，橫過身子來跟她打商量。「你頂好叫輛三輪車——那邊巷口就有。」
而她以為這個小器的司機害怕停的次數太多，划不來。
「不要緊，停的時候，你不是可以照樣撥號碼？」
「不是那個意思。三輪車合適些。」
而她又以為這個好心的司機害怕她太划不來。
「不管多少錢，你只管開；你該開車了！」
「不是那個意思；不是錢多少的問題。」
「好了，再躭擱，我們就追不上——我們就釘不上了。」
「我們要避免跟三輪車發生衝突。」
「怎麼呢？」
「我們跟三輪車是冤家對頭，他們疑心很大。」

「可是我非坐你的車子不可，我身上沒帶錢。」

這一下說服了司機，後者大概在心裏划算了一下，只好決然的發動了。

車在快車道上奔馳，眨眨眼的工夫，就追上了；就是那輛三輪車，折疊的車篷上堆一塊淡蘋果綠。

「這附近不能停車。」車速減低了一些。

「你總得釘在後面呀！」

「只有岔進巷子裏去，繞一段路。」

「只要別讓他們跑掉。」

蘭香看一眼車費錶，還是六塊，一點也不動心。

車在巷子裏走走停停的緩行，左轉了一個直角，緩行了一程，再左轉一個直角，就又看到窄窄的巷口那頭，馬路上來往流馳的車輛。雖然天色不曾暗下來，車燈已經射不出光芒的亮出一對對蛋黃。

仍然還是六元車費，蘭香倒有些過意不去了。

車在慢車道上放慢了速度滑行一陣，遙遙的那朵淡蘋果綠在暮色裏和擠擠捱捱的乙種車輛裏隱了又現了。計程車岔到快車道上，真需要碰上紅燈，而連連的兩道十字路口偏都亮着綠燈，迎接國賓的味道，存心把沿途的綠燈定在那兒。人就有這許多不遂心的事。

眼看又要超過那朵淡蘋果綠，不得不再折進巷口繞道而行。車費跳過了八元似乎就開始跳得快些了。前面的一條馬路，她簡直相信她在這個城市住了六年多，從沒走過這裏。而這個十字路口却在並沒有要它紅燈的時候亮起了紅燈。

那是保祿的信裏告訴她的，越南政變的戰車開進西貢的時候，碰見紅燈居然停車了。蘭香笑笑。多遙遠的保祿！不光是空間的遙遠，也是時間的遙遠。淡蘋果綠是個甚麼身分的女人都不用猜，不用管，總之是跟石有一手。于是想到保祿，就覺得有些報復了石的快感；也不是愛不愛的辨別，她是懶得去找尋甚麼愛不愛的。當初保祿如果再逼她緊一點，說不定她現在是在堤岸的僑區裏當甚麼銀行的行員了。而石如果逼她鬆一點，現在就不是坐着計程車在追人——正確的說，應該是釘人了。

這也是很奇怪的，居然這麼多的思想和回憶都湧上來。保祿已經是她懶得去回憶的人物了，居然在紅燈底下出現，給她報復的快感。而保祿最多也只是偷偷摸摸的親過一下她的脖子，給她佩戴十字架項鍊的時候。那個黑黑瘦瘦的僑生，追她只追到九成，好滑稽！而石追她連五成也不到，反而結婚了。

沒有甚麼不可思議的，石有權使她參加亞運會；而使她不得參加，自然更方便。慶祝她選上國手的晚宴後，石就睡了她；石是有心把她灌到坐上計程車如同坐上飛機那樣醉醺醺的程度。

沒有甚麼不可思議的，如果保祿給她佩上十字架項鍊的時候，用不着使她醉醺醺的也一樣可以在她身上得到他所要的。

人生以省力為目的，似乎除掉學生時代的考試，只有今晚上過得最不夠省力，想這麼多，回憶這麼多。車子陡轉彎，轉到右邊的街道上。這次不是迂迴，滿街盛開霓虹的夜花，淡蘋果綠流進這街，一會兒一個顏色，一轉眼又一個顏色，變色的蜥蜴。蘭香緊張了，生怕太繽紛的變色把她的獵物失落了。

街道窄，人行道給不知多少種的攤販佔領了，來往行人和乙種車輛便很平均的流在這條河槽裏，計程車叭叭叭叭的叫，光說不練的動都不動。剛才唯恐快了追過頭，現在又害怕慢了追不上，做人有這麼多的不遂心！

結果還是被走失了。車停住，蘭香下來找上一陣子。

「還是應該三輪車釘三輪車。」蘭香認輸了。

「要不要再往前跑一段看看？」

「算了。」蘭香彎進車子裏，看一眼車費，才只二十塊整。「也好。」她說：「到前面就轉回去。」

司機當然不必發愁多跑一些路，頂好希望你環遊世界八十天。

不知道所為何來，平白跑了這一趟。天已黑了，車在燈光通明的大郵輪前面停下來。「等着我拿錢給你。」車費是三十六元。

又輪到仰瘦了脖子衝着三樓叫了。垂直下來的底樓，是個信佛的人家，一對紅電燭，窗口裏紅得滴血。蘭香老是把它感覺成納粹的毒氣刑房。

「太太，接着！」阿英的剪影出現在陽臺上。「有客嗳，家裏！」看不見錢包落下的軌跡，錢包已掉在地上。

她才不關心甚麼客人；有客人總是石的，她沒有。她就能這樣的肯定。就着納粹毒氣室的血光把車錢開了，却又忽然懷疑石沒在家，石的客人蹲在樓上等誰？石回來了嗎？石回不回來，她已經習慣的不關心。照最近的情況來說，一個月回來三四次——當然是指住夜的了。人是在這個城市裏打電話到銀行去找她要錢用，比回家來找她睡覺的次數要多一些。走在又陡又昏黃的樓梯途中，有餓的感覺，然而沒有餓的食慾。對那樣的事，也是類似的情況。總是深更半夜的聽見電鈴響，或者只是阿英下樓去的笨重的動靜。她是執着的睡回去。如果那天練球練得久一些，累了一些，她會甚麼動靜也不知道，直到感覺到石在那樣她了。就能睡得那樣死；而不待自己清醒一些的去感覺感覺，石又已經離開她了。她是懶得去管這些，懶得去得到甚麼，失去食慾的餓，就是那樣；從來都是那樣，從選上亞運選手的初夜，到幾天前的最後那一次，都是不飽不餓的失去食慾的那種乏味，而且只有骯髒的憎厭。

由他搞髒罷，就像一個無可奈何的小母親，多麼煩哪，總還是聽讓孩子去搞髒，但是缺少做母親的那份咬牙切齒的疼愛和喜悅；她也是咬牙切齒，然而是咬牙切齒的痛苦和憎厭。

經過女傭的房門口，經過自己臥室門口，聽見阿英在前面客廳裏灌水瓶，從低音階慢慢提升到高音階的冲水聲，好快活的一種鳴奏。蘭香停下來抹一抹汗。不知道為甚麼，蘭香忽然那末熱切的希望竊聽到一點兒動靜。

阿英提一隻空水壺出來。而她甚麼也不曾聽到，真不相信客廳裏會有甚麼人。客廳蘭香坐着一位歐巴桑型的婦人，有一下沒一下的打着鵝毛扇。

她就認定這個收拾乾乾淨淨的婦人一定走錯了人家，實在不用分辨，不用細心的想想，就能咬定了這個婦人她是從來從來都不曾見過。

「石太太嗎？」婦人做出猜測的樣子，當然已經確定她準是石太太了。然而好刺耳，行裏和球場上，她是婁小姐。也只好不大樂意的承認了。算她沒走錯人家。

「我——我姓凌啦……」婦人是想進一步介紹自己，單是表示姓凌自然不中用，姓凌的是個冷姓，然而再冷也與石太太無關。婦人動了幾次嘴，才像啣着甚麼似的含含糊糊的說：「你頭家常去我家啦，常常常去，不好的啦。你從不管你頭家嗎？」

蘭香愣愣望着這位乾乾淨淨的歐巴桑，愣愣的坐下來，順手摸過去，打開身旁的電風扇。這個婦人大概是淡蘋果綠的媽媽了罷，她有這樣的直覺。

「他去你家做甚麼？」

「做甚麼？我只有一個女兒。」

「我知道了。」蘭香忽又覺得到自己的靈感來了。「也打太尼斯，你女兒？」

婦人愕異的望着她，那神情好似說：「啊，你怎麼知道？」蘭香分外的得意；這才她發現老以為自己很迷糊，只懂得運動肢體，不愛運動頭腦，其實她是這樣的機靈。

「軟式的麼？」再逼她一下，讓她更驚異。這一次是出于判斷。因為那個淡蘋果綠若是打的硬式網球，她總能風聞到一點甚麼。

「那她去日本，去得成了？」

地區性的軟網賽最近要在東京舉行，蘭香是不想再回頭打軟式的了。

「能去日本，我就不來找你管管石先生了。」

蘭香她想，「管管」的意思大約別有含義，不然便有些文不對題。

「我是不怪你太太，也不怪石先生，只怪我家阿秋滿，沒有良心！」

蘭香不大懂得對方的意思，扯不上的「管管」和「沒有良心」，甚麼意思？這就要猜，但是無從猜起，感到自己頭腦重又不大中用，不像方才那樣福至心靈的順利。

「你女兒又不要去日本啦！」

「去不成呀，人家龜井先生有妻有女的。就算她給人家龜井先生已經生了一對雙生兒子，也不成呀！」

不知道怎麼的，又扯出一對小烏龜來，她是沒辦法再搭上腔兒，只有傻傻的傾聽的分兒。

「千不念，萬不念，總要念人家龜井先生按月給我們祖孫四個寄來生活費。不少呀，按月五千塊，房子也是龜井先生給她買的，兩層樓帶電話，銀行裏還給她存了五萬。人家就是要她規規矩矩做人，怕她再去老地方做事。唉，人不能不講良心，我是把她從九歲扶養大的，如今哪還聽得進去我這個養母半句話！壞查某，沒有良心的！……」

鵝毛扇一勁拍打肥得夠瞧的褲筒裏瘦得夠瞧的腿股。她不清楚那鵝毛扇是自己家的，還是婦人隨手帶來的了。蘭香努力使自己能夠在那些沒頭沒腦的數說裏，找出一點頭緒，這叫不常使用頭腦的蘭香很吃力。

「你想阿秋滿有多沒良心——拿人家龜井先生的錢，養妳石先生！」

「噢，你家阿秋滿不是打太尼斯的？」這才蘭香發現自己一直都把事情弄左了。

「她打甚麼？她打四色牌。」

「石先生是我養他的。」蘭香好似要爭這個功，要不然就覺得自己太冤枉。

「看看，多少人養他！」

「他在網球協會那邊拿不到我四分之一的錢。」蘭香沒心眼兒的爭論起來。「都是跟我要，房租家用他都從來不管的。」

「冤枉！」婦人眼裏透露出母性的憐惜。「所以妳太太要狠狠管他了。」

現在她才弄明白「管管」的意思。「怎麼管呢？我要上班。」蘭香笑得毫無城府的一副憨相兒。「我們常常打架。」說着，不由得就瞥一眼電視機前面的茶几。玻璃磚面打碎了以後贘個空架子，她也懶得再配了。另外還有不少的戰績，那一套紫銅杯棄置在牆角裏，香港東亞盃的亞軍獎品，被砸到地上，被踩得扁的扁，癟的癟。

「所以我來求妳太太，寫封信去，告訴龜井先生這邊的情形。」

「要麼？」眼睛從只贘空架的茶几上面移開，定定的望着這個婦人。

「要不就對不起人家龜井先生了。」

「那樣不好罷？人家龜井先生就停止寄錢給你們了。」

「我倒是甘願受點窮……」

阿英房裏的電鈴忽然發狂的鳴叫。

這邊兩個人都發起愣來。

「他回來了！」蘭香幽幽的說。他回來了；那個「他」的含義很清楚，爭吵、打架、摔器具，伸進四號窗口裏要錢的手，還有老是在她睡熟的時候睡她。

「太太，你來炒兩下！」阿英奔向樓下去。

「這麼早，下邊就關門了？」

蘭香叫着，但是阿英已經跑下樓去了。平鍋裏騰騰的苦瓜炒肉，她無心的炒了兩下。他這麼早回來，沒有好事兒。苦瓜炒肉，煎鮪魚，對得起他了。這麼早回來當然不住夜的，自己可以睡個好覺。原來這個歐巴桑主要的是託她寫信給那個好冤枉的龜井先生。恐怕那是個年齡不小的日本人，手頭很濶。今晚上一定躲不掉又要鬧鬧了。要先把電視機的拉門關上。分期付款才付了一半，也是她獨資出的錢。

脚步響在樓梯上，好清脆，一聽就知道不是阿英的拖鞋，也不是石的白皮鞋，提着鍋鏟迎出來。

哈，蘭香就要叫出來，好一個淡蘋果綠！

怎麼會是這麼一個女人？但這個意思不是「原來這麼醜！」肉在淡蘋果綠的洋裝裏一刻也不肯安靜，得承認她比自己有線條。然而有多衣冠不整呀，披散一臉的亂髮，胸上有濕的痕跡，絲襪打縐縐了。

「妳就是石太太！」

然而沒等蘭香回答，淡蘋果綠就和客廳門裏的歐巴桑對上了，開口就用吵嘴的嗓子，誰也不聽誰的叫嚷起來。大致的意思是雙方都在指責對方為甚麼跑到這兒來，一方面又都感到很心虛。

蘭香跟過去，沒有留意阿英抽走她拎在手裏的鍋鏟。

「石太太，」淡蘋果綠放下歐巴桑慢表，衝她插着腰。「妳要管管妳的先——生——啦！」

又是一個要她「管管」的。這樣看來，淡蘋果綠又不是歐巴桑的養女阿秋滿了。剛才那樣子的爭吵，也不像母女，而只像兩個不能睦鄰的冤家街坊。

「好唵，好唵，你現在知道要人家管管先生了。」

但是淡蘋果綠不理會歐巴桑的揭短，彷彿壓根兒沒聽見。理理披在臉上的散髮，態度忽的緩和下來。

「我告訴妳，石太太，我真猜的不錯，我就算準了他一定在那個鬼地方！」

這些在蘭香單純的頭腦裏，一時還調整不出頭緒來。

「石先生麼？」她對自己自以為是的那些猜測，那些直覺，都失去信心了。

「不是他，還有鬼！」

「你是不是阿秋滿呢？」

蘭香希望趕快的弄明白這些，只是遲鈍的還在停留于鑑定淡蘋果綠到底是誰的這個疑問上面。

對方回過頭去狠狠睞一眼那婦人，不知道要怪怨甚麼，怪怨歐巴桑不該把阿秋滿這個名字張揚給人麼？

「妳先不要管我是誰；妳先生泡上了華宮的酒女，妳可知道？」

「啊？」蘭香探問的看一眼那個婦人。「歐巴桑告訴我了，不知道是不是酒女。」

「妳真糊塗啊，石太太！妳這個太太是怎麼做的？」淡蘋果綠惋惜的搖搖頭。「我可不能像妳這麼好說話。哼，我替妳找到那個賤貨了，我可饒不過她，我替妳把她從這兒扯爛到這兒（從領口比劃到肚臍）。妳那位寶貝先生還護着呢，妳以為我還客氣？讓我一把揹住他傢貨，痛得他直冒汗，動都不敢動。我可替妳出口氣了！」

好伶俐的一張快嘴！蘭香來不及的收聽，來不及的弄透那些意思。她已經住了嘴，蘭香還有點弄不明白。

「妳這算哪一套呀，阿秋滿！」歐巴桑湊近來，板緊了面孔。「沒有見過這樣吃飛醋的！」

原來這就是阿秋滿，龜井先生的情婦，石的……該說是石的甚麼呢？追掉三十六元車錢而沒有盯住的淡蘋果綠。

「事情還沒完，我不能叫他們這就完。」阿秋滿重又發作起來。「等我好好的收拾那個賤貨！」

「哎呀，人家正主還沒動火呢，沒瞧見過……」

「你別管，你別管！」扭動一身肥嘟嘟的淡蘋果綠，把自己摔進沙發裏。「給我杯白開水。氣也把我氣死了，拿我的錢去孝敬那個賤貨！」

而蘭香一直站在那兒，好像始終沒有進入情況的傻看着這些叫嚷。

「只有一個辦法，我們倆對他來個經濟封鎖，叫他連根香菸也抽不起。」

「我不行，我恐怕不行……」蘭香木木的說。

「有甚麼不行？妳真是！」咕嘟咕嘟一杯微溫的開水灌下去，大大的喘口氣。

「我真懶得管，好麻煩。」蘭香站乏了，靠到背後的板壁上。「今年的亞運會又快了……」

那一對母女互相質疑的看看。

樓下傳來誦經的歌唱，一定是底樓那家納粹毒氣室裏的收音機。集體的唱誦，夾着鈴和木魚，而且聽得出還有風琴伴奏。南——無——阿彌陀——佛，南無——阿彌陀佛……歌聲紅得滴血，在蘭香的感覺裏。

每逢她聽見這唱誦，就是這樣的感覺。視覺裏自己的屋內也是紅得滴血。現在她的視線裏沒有那一對母女，沒有眼前的實象，總是紅燈。紅燈底下有保祿模糊的影子，保祿在戰爭的紅燈裏僑居，不光是空間的遙遠，也是時間的，也是心靈的遙遠。

一九六六年七月三日內湖

約克夏和盤克夏

聽見門鈴響……

聽見樓底下揚上來一陣子電視廣告的叫囂……

聽見如果不是廣告，不會那末慷慨的離開電視機的小鳳，搶甚麼似的跑出去應門，好不耐煩的喊問：「誰呀？」

聽見不很清楚的口音，嗡嗡的詢問……

聽着這些一個家庭裏日常的聲音，我的畫筆一直不曾停下來。人的聽覺比視覺苦命得多，由不得你愛聽不愛聽的完全自主。當然，人被這個器官拖累着，不得不訓練自己，一面聽着，一面可以使用其他的官能繼續你的工作。

但是聽見小鳳那尖細的嗓子說：「在，我爸爸在家。」好了，我的筆離開了畫布。

會是哪一個呢……。

心理上，我沒有準備今天要等候甚麼人上門來。

側側身，從樓窗望下去。小鳳走在前面，那個人是誰呢？握着畫筆的手，不大自覺的把窗帘往上捋一捋。要不是忽然意識到別讓顏料染到這麼嬌嫩的紗帘，我還發現不到捋了捋窗帘的這個舉動有甚麼意義或必要。

常是這樣的俯瞰下去，很不容易從一個人的頭頂和兩肩，認出那是哪一個，即使是不很陌生的熟朋友。這大概就是「空中照相判讀」為甚麼成了專門技術而需要經過專門訓練的人才能擔任的道理。幾天前，又一度失業了的沙瑞斌跑來商量找工作的事，還曾提起他在服兵役的期間，受過那種訓練。但是那種技術太冷門。社會上沒有這一行。我看，大約唯一的用途，便是這樣的從樓上去辨識人了。這簡直有些開玩笑。

放下調色板，不知道要做甚麼。或許是不願意被打擾的緣故，心裏先就忙着感到不耐和疲倦起來。

「爸，」小鳳喊着。「有客人找你。」

這孩子真是個懶蟲，就在樓梯的半腰上喊起來。妳也上來一下，告訴我是誰才是。也或者是戀着電視節目罷，如今孩子們被電視整得可以六親不認。有時你在外地好多日子才回來，如果你能夠使孩子們的眼睛稍稍離開螢光幕一下，甚至喊你一聲爸，已經算你的威望還不壞，受到透頂的優遇。

罩衣的扣子已經解開，想想不甘心，又重新扣上。從小鳳那一聲招呼，可以聽出來不是走得很近的朋友。我要讓這種既不夠交情，又不曾事先約會過的訪客懂得，他是如何的妨害了別人的生活和工作秩序，以後也許可以學乖一點，不要老把人家的大門當做自己的臥房一樣的方便。

「哈，嘉禾兄，冒昧冒昧……」還不曾見到人，瘂瘂的聲音就已從客廳裏湧出來。你會以為哪來的一隻公鴨，不識相的跑進客廳裏來。

很可能只是聽見你的脚步近了，或者僅僅你的衣角剛出現在客廳門邊的那一剎那，算準了你一露面，就迎頭給你這一下。好像躲在牆角後頭，單等你走過來，下手謀害你那樣。

江儉齋，原來是這個臭蟲，我不禁愕了愕，這真有點要命了。為甚麼方才一點也沒有想到可能是他呢，該想到這個臭蟲的。這兩天，不是顧慮過江儉齋早晚會找上門來麼？真是人有千慮，必有一失。

對于被人喊做某某兄，幾乎是先天性的我感到厭惡。這算表示甚麼呢，情感夠的話，直呼其名；假使不夠，稱一聲先生也很得體。這算是表示謙虛麼？也許我太死心眼兒——明明比你年長得多，偏稱你一聲兄，把虛偽當做謙虛，叫你感到隔着好大好遠的一程距離，你在被人應酬着，一種尷尬的人際關係——特別是某某兄出自這麼一個不討喜的江儉齋口裏。

「聲量小一點！」我用冷冷的聲調招呼小鳳，表示我基本上的不大愉快。

我想，一個人再遲鈍，也能感到這其中的含意。心境不佳，就是心境不佳，不必界定那是衝着誰發作。事實上，一見他這麼個人，我就頭大，而且有些懊惱，早怎麼不給他打個電話，敷衍敷衍也就算了，免得讓這麼個人上門來嚕嗦。早怎麼沒有想到呢？

「打擾了，嘉禾兄，正在作畫是罷？」

又是嘉禾兄！

「噯。」我應着。

我覺得沒有故意裝做沒被打擾的必要。是罷，明明你被打擾了，而你說沒有關係。一個人存心打擾你，你還要好言撫慰，沒有這個道理。話又說回來，你既然打擾了人家，也並不因你說出來，就可以算是沒有打擾到人家。

「打算最近開畫展嗎？」

我是正為這個打算在忙着。但是我說：「沒有這個打算。」我發現，假若你不喜歡一個人，你會連誠實都不肯給他。這很糟糕。

我望着他，心想，你是為那樁事來的，你就照直說罷，不要這樣周旋，笑像猪頭三一樣。我很讚佩上海人的天才，造這個詞來糟蹋人。你看他，堆着一臉的笑，笑得很貪，並且很腫的厚嘴巴。你如果打算畫一個猪頭，一時沒有湊手的模特兒，我勸你找江儉齋這個人商量，他會很稱職的。

「是為沙瑞斌的事來的，是罷？」我沒有耐心老是寒暄不停。

「嘉禾兄，那你是很清楚嘍？」

「我為這件不愉快的事——表示遺憾，也表示歉意。」

我承認，這已經是我最高限度的克制功夫。我表示遺憾，自然是真意，因為遺憾也可能是對方造成的，不一定是我方的過錯，也不一定含有告罪的成分。至于致歉的用意，不過是希望就此作個結束，省得嚕嗦。不是嗎？並非起因于沙瑞斌單方面的過錯，而我已經道歉了，還不該結束嗎？否則的話，那除了道歉，還要我怎樣呢？

「那倒不必。」他說。分明臉上的肌肉漸次在發板，那種發板的程度，會使你覺得，不是你表示表示歉意就能拉倒的。一副厚硬的臘猪頭。

「原想，就忍下這口氣罷，」他說：「原想看在你老兄的面子上算了。可是嘉禾兄，念在你我不外，還是來跟你說個明白，免得你這邊聽信了一面之辭，怪到小弟頭上來，那太叫小弟擔當不起……」

這可是頂真的稱兄道弟起來。而他至少比我年長十歲。這叫做美德，對不對？而且叫你老兄，把你的感覺也掃興得老氣橫秋的。

「大概不會罷；沙瑞斌這位年輕朋友——」

「我沒有錯怪老兄這位高足的意思；嘉禾兄，你請聽我說……」

可是你請聽我說，那我要請誰聽我說呢？我只不過是沙瑞斌中學時的美術老師，只是一種職業身分，早就該消失了。那只是短短的一個過程，已經結束得無影無踪。當你在校外，仍有資格並且實際的為人師表，那是輕易可得的嗎？「高足」從他的口裏流出來，似乎和某某兄同是一樣的方便。我不同意這麼樣的隨隨便便。

江儉齋呱啦呱啦的到底在說些甚麼，那種沒有抑揚頓挫的絮叨，該是連日連夜陰雨的簷水一樣，引不起你專心去聽它。你被他請去聽些甚麼呢？沙瑞斌很聰明啦，不錯啦，如果才有正用，一定很堪造就啦……棉花糖似的，由那末一小塊冰糖攪鬆成那末虛而不實的一大團。然而那末些無味的絮叨，能有棉花糖的逗胃口，也還罷了；偏偏又只是棉花，由黑舊的棉絮彈出來的棉花。

我只無意的聽到，「……當初呀，要不是看在嘉禾兄你的面子上，你的力薦；那末年輕，我哪放心把一切重託給他……。」

這個人，你能相信他眼睜睜的看着你的眼睛在對你撒謊嗎？有這種本領的人，我怕並不多。你知道他當初是怎麼來求着你，一臉的孫子相。嘉禾兄啊，你這真是賣油的老婆水梳頭，這麼漂亮的客廳，來兩幅字畫總是要的。怎樣，嘉禾兄？看看你的喜好罷；隨你的尊意，吳稺老、于右老、賈景老、梁寒老，你說你要哪一家的罷，吩咐一聲，隨時我替你討來……真的，把你哄得莫名其妙。你敢惹嗎？虧得風聞他有掮客嫌疑，並且被認為盡是贗品，想不透他有多大的神通。而結果，他轉上那末大的圈子，只不過請你幫忙，替他設法物色一個美術編輯，並且最好就在你的口袋裏，立刻掏出來給他。

你能相信嗎？要你推薦這麼一個並非難求的人才，需要得再怎樣急切，用得着費那末大的心機和口舌嗎？你想不透。若不是瑞斌從那個會計小姐那裏聽來，告訴了我，我是永遠也想不大透的。

據說隨他哪一個，在江儉齋那裏最多都幹不到三個月。那個會計小姐假如不是為了讀夜間部，貪圖靠近學校的方便，說怎樣忍氣吞聲也撐不到大半年之久。有個知名的女畫家，不知是怎麼被他借重了去，但是沒有一個禮拜，就憤而離去，因為約稿很積極，多打了一些電話，做太太的說話了：「李小姐，拉稿要靠兩條腿勤快呀，江先生的祕訣，就是腿勤快。上個月的電話費超出五百大關了，李小姐，妳知道嗎？吃不消呀。」據說那還是衝着李方是個名畫家，算客氣的。若然換上別人，他那位太太一聲不響的就給你記下賬來，到月底發薪水——注意，他是月底發薪水，也就是說，一個月的工作做完，才拿到錢——再扣掉你超出以三十元為基數的，不管多少的電話費。常常外邊打進來的電話，半途中被這位老板娘發現，也照樣不聲不響的記你一筆賬，就有那末絕。

「也許是更年期的女人，不大正常。」我猜測的說。

「哪有那末早的更年期！」沙瑞斌提着眉毛叫起來。「頂小的兒子還不會走路。我看那個女人再生兩三個，也面不改色。」

我太太一旁聽着，織針指着他，又好氣，又好笑的說：「這個沙瑞斌就愛無憑無據的鬼扯蛋！」

「真的，師母，一點也沒有冤枉她。」

既曾風聞這位江儉齋為人很厲害，我這個從來不存防人之心的君子，也不得不提高警覺。而且一時間，倉倉促促的，我推薦誰呢？

「讓我考慮考慮，看看有甚麼合適的人，再給你去電話連絡。」

「幫幫忙了，嘉禾兄，向來我都沒求過你——不瞞你說，我要人要得很急，不然也不敢來打擾你清神。你嘉禾兄桃李滿天下，信手拈來，沒有不是一等人才的，哪裏不是救我一個急……」

他就一直那末不住嘴的叮着你，你有甚麼辦法呢。躲閃到最後，不能不在倉卒間為他考慮一下。

「辦刊物難吶，嘉禾兄，為了文化工作，我江儉齋把一切心力都用上了。我內人的首飾，一點積蓄，甚麼甚麼都貼了進去，還有我的脚踏車，這都不去說它了。有甚麼可說的呢？為了國家民族的文化，為了社會教育，為了民主政治，為了藝術……」

他是用這些來為你進行中的考慮做伴奏，催生你的考慮快些生一個美麗的美術編輯出來。你會覺得他那份在市面上根本見不到的刊物，竟是如此的多目標，幾乎和石門水庫一樣的偉大。而為了這個，為了那個，都是異常神聖的目標，就只不提他真真正正為的甚麼目標。

照我這個君子人極單純的想法，那個他所不肯實說的，不夠神聖的目標，無非是那個刊物尚可養生。其實一個人為了生存，不但無可厚非，而且一樣的也很神聖，沒有必要把甚麼國家、民族、社會、民主、藝術等等作為生存的面罩。

「真的，老師，真是你自己說的，你這個想法太單純了。他八十萬買的一棟樓房，租給美僑，你信嗎？」

「了不起，生存之上尚可發財；」我說。「這也並非不可告人的事。特別是工商業社會，發財，太是一個光明正大的理由了。而且，辦刊物發財，無論如何，太夠本分的了——」

從江儉齋那裏鼓着一肚子氣跑來的瑞斌，苦着臉，好像吃了一口忘記放糖的咖啡，忍受不得的急于否定我天真的想法，急于吐出苦水。他插了幾次嘴，打斷我的話。「老師是以君子之心，度小人之腹；我說了，那個臭刊物，只有一個人看——做校對的。連編輯都不用看每一篇稿子。東剪一段，西拼一段，再就是不註轉載的轉載。所以連校對也可省掉；壓根兒沒人看嘛——還為了這個，為了那個！」

「當然，連我都不能相信的事，恐怕再也沒有第二個人相信了。」

「問題不是相不相信，而是你想像不到他為的甚麼。早先，他是為的登記證；頂給人嗎？沒有人要，不幹嗎？又怕被吊銷。只好硬撐着。能夠維持三個月出一次合刊，也就維持住那份登記證——」

「現在不是月刊嗎？」

「當然，維持登記證的黑暗時期，早已經度過了。現在很多機關、學校，靠着無孔不入鑽來的關係，已經有不少惡性推銷來的長期訂戶。人家訂戶可是最現實的，他再想坑人，也不能不顧信用——」

「那也不算罪大惡極，靠着甚麼委員，甚麼議員，這樣惡性推銷書刊，也不是江儉齋一個人。」

「太多了，不稀奇了。」我太太也說，她是專愛看方塊的忠實讀者，這一類的印象自然很深刻。

「還有啦，老師、師母；發選舉的財，是其一，能抓住一個兩個競選人，連宣傳費，帶訂購費，雖然選舉不是每個月都有，每一年都有，可是撈一票生意就夠吃一兩年的。再就是捧歌女，捧歌男，是其二，捧一次至少四五千，多則上萬。好在錢也不是歌女歌男自己出，好女色的老爺固然多的是，好男色的大亨也不少。秘聞多着啦，我將來，你等着我將來有機會，一個一個寫出來給你們看。」

「無聊！」我是正色的說。「別去掏那些臭糞——除非你去當那些小報作風的記者。」

總之，所謂的那些為了國家民族的文化，為了社會教育，為了民主政治和藝術等等，真正所為的，就是這麼些。

在我想，江儉齋強調這些，無非兩種企圖，至少，不出這兩個企圖之一；一是他認為給你曉以國家民族大義，必能感動你；不然就是知道你討厭打這些幌子，怕無止境的聽他囉嗦，而提前答應了他的請求——也是不得不答應他的請求。

想來想去，沒有幾個可以勝任這種工作的人選，只有沙瑞斌比較合適。沙瑞斌剛服完兵役，有過編校刊的經驗，還不曾找到職業；但更重要的還是心智靈活，機變的能力很強，對付江儉齋這個老狐狸，可能比其他考慮到的幾個人選要叫人放心一些。

分明是他專程登門來求着你推薦的，現在却說甚麼當初看在我的面子上。我的記憶力再壞，還不至壞到這個地步罷，不過是一個星期前的事。

「我是記得的，我說過，你儘管放心，放手，把工作交給他，你給個原則，技術上不要多干預，這樣才能發揮一個青年人敢作敢為的創造力。」

「說過，說過，我也記得，」配合着我說的話，江儉齋一句一點頭的應對着。然後他說：「壞就壞在我這個老實人，太容易信託人了，我把甚麼工作都交了給他，正像你嘉禾兄給我交待的那——」

「這我知道，你的確是把甚麼工作都交給了他；」我忍不住打斷他這個老實人的話頭：「好像是，瑞斌剛到你那兒，還沒交待編輯工作，江太太就把令郎往瑞斌的懷裏一攇，叫他替她抱抱孩子——」
「沒有的事，沒有的事，這是你嘉禾兄聽了一面之辭，萬不會的。」他的嘉禾兄真夠多。而我猜準了他會抵賴，不承認這種跟甚麼人都說不過去的事。
「就算有這樣的事，沙瑞斌也不該為這個，這麼報復人。」又厚又貪的嘴巴，開始被憤恨搐出皺紋，使你想到一種用帶子搐口的布做的老式錢袋。
「對于一個青年人，那可是很大的侮辱。」我說。
「嘉禾兄，我是假設那樣。絕對不會有的事。」
「也許你在外面奔走，家裏的事，你不知道。沙瑞斌這個年輕人，雖然不夠厚道——年紀輕，總不免是這樣，不過，犯不着編排這種謊話，你說是不是？」
我一直注意着這個人的表情，注意他的反應。由于嘴巴生得那樣厚，你不能不連帶的懷疑他的臉皮也生得同樣的厚，以至我看不出一點跡象，可以用來證實是沙瑞斌亂說，還是他不認賬。
「我內人再不懂事，也不會叫這樣一個生人替她抱孩子。人是你嘉禾兄介紹來的，我內人對你嘉禾兄的畫，迷得不得了，怎麼會——」
我用盡可能的大笑，打斷他的話。確實的，那是些可笑的理由。方才被他拼命的否認，幾乎使我對于沙瑞斌的信心發生動搖，畢竟瑞斌是個很調皮的孩子，他會有那種編造謊言的想像力的。可是這個臭蟲把他的內人迷我的畫作為不至于叫瑞斌抱孩子的理由，着實使人捧腹。

「聽說，每天夜裏十二點鐘，你要叫沙瑞斌騎單車到西門町去關掉霓虹燈的廣告，這大概是有的，也很可能，是罷？」我可不客氣了。而且我注意着他的尷尬，笑臉又堆上來，也不急切的等着要否定。

「人手不夠呀，嘉禾兄，有時還不是要我自己親自出馬！」

我想起那種苛求的合約書，盡量獨惠于他江儉齋的甲方。對于乙方來說，簡直形同賣身契一樣。其中一條甚至要求如果工作不到合約書所規定的一年期限，而中途不幹，應賠償損失，即所支薪水全部。你可曾聽說有這樣的極權契約？當然，不單是沙瑞斌，我這個介紹人也不能接受這種無理的二十一條件。

「沒關係，具文而已。你嘉禾兄推薦的人，還有話說麼？」這樣的時候，他會衝着你笑得樂不可支的樣子，好像對于這樣荒誕不經的條件，他自己也感到根本是開玩笑，從來沒有當真過。

「那就請江先生乾脆劃掉這一條好了。」瑞斌抓住機會說。

「這怕有顧慮呦！」猪頭現出很嚴重的神色。

我們多少有些訝異的望着他，等着他說明所謂的顧慮。

「社裏還有別的工作人員；我們的關係不外，不過多少總還是有顧及一些的必要，你們兩位師生說呢？」

可見他奴役人，已經是有歷史的了。

「既然是形同具文，」我說：「還是劃掉的好——對其他同仁不也是形同具文嗎？」我忽然發現到這一點。「那就沒有甚麼顧碍了。」

「不——然，不然；這是看在你嘉禾兄面上。」

我可有些忍不住。「瑞斌也不是非這個工作不可的，他還打算進研究所……」

「那沒有問題，只要把限期告訴我——不，這麼辦，合約上一年的限期嘛，不妨縮短一些。還有——」

顯然這個老狐狸企圖轉移目標。我插嘴說：「還是把賠償損失的這一條去掉的好。主要的是，沒有這種例子，這太不合理——」

「嘉禾兄，例子是有，這個條件也不是我創出來的。譬如電影公司跟電影明星之間的合約，還有——」

「那不能比，江先生，」沙瑞斌搶着說。「除非演員不接受公司分配的戲，或者——」

「一樣的，中途跳槽的話，一樣的要賠償損失。」

「不是那樣說，所謂中途跳槽，是指一部片子沒有拍完，或者沒有拍滿合約規定的片額，而且已經預支了片酬，等于拿了錢不做事，當然要賠償損失。據我所知，是這樣。」

「對的，」我幫着腔說：「除非是預支了你的薪水；不過那也只是賠償預支的部分，不能說，要賠償所支領過的全部薪水。因為過去支了你的薪水，是工作報酬，並沒有光支薪水不工作，對不對？」

兩張嘴把他直說得只有招架之功，而無還手之力，且看他還有甚麼藉口不劃掉那條荒唐無理的要求。

「真是的，你們兩位！」依然笑得樂不可支。「我說過的，具文而已，我江儉齋絕對人格擔保……」

為了合約書的這一條，繼續着不可理喻的爭執來爭執去，我真要惱了。你想像不到，最後這個老狐狸會怎樣的讓步？居然他說——

「這樣好罷，不賠償所支薪水全部，我們雙方都退讓一下，八折如何？只賠償八成，這是面子嘍！」

「算了，瑞斌，」我真恨不得把兩份江儉齋已經簽字蓋章的合約書，抓過來一撕兩半。「你另外找工作罷。」我站起身來，要回樓上去。有這種人嗎？沒有誰見過這種人。最後還是他自動的劃掉了那一條。他可表示不知吃了多大的虧，舉出另一個例子，訴說他何等委屈；因為有一家私立商專，那個建在半山腰上的學校，除了教授，副教授，其餘的教職員，連軍訓教官也不例外，一概是簽那樣「中途離職，須賠償所支薪水全部」的合約。

「怪不得！」我搖着頭慨嘆。「那你也該一年蓋一棟大樓才對。」

「那是比得的！我江儉齋勤儉起家，怎比得那種刻薄成家？連大禮堂地板打蠟的錢，都要學生出。軍人子女的學費照繳，教育部減費貼補的款子甚麼時候撥到，再甚麼時候退還學生：就連那一兩個月的利息都要吃的。誰幹得出那種事，誰才有本領一年蓋一棟大樓。我江儉齋也是那種要錢不要臉的人？你嘉禾兄未免太把我看扁。」

「抱歉抱歉，」我開始感到這是個可玩賞的人物。「當然，君子愛財，取之有道，今天是商業社會，發財已經是理直氣壯的事了……。」

「是說啊，我江儉齋要打算發財的話，早發了，今天也不在這兒窮兮兮辦這份小刊物。是不是，嘉禾兄你說！」

但是在我們面前的茶几上，攤開的一份又一份的「國際畫刊」，每一份套紅的刊頭下面，都印着三號黑體字：「最權威的報導，最公正的評論」，你怎麼能說這是一份小刊物呢？

「嘉禾兄，我不敢誇口自己是個君子，起碼的，讓你嘉禾兄一語道破，我江某人對錢財是取之有道，起碼的，可以說是我處人處世的基本原則，譬如說……」

你可以根據「譬如說」，想像得出這位江某人又開始抖他一堆一堆的輝煌。

「可是有一點，瑞斌兄，」好嘛，又多出一個兄，你已經沒有辦法懂得「兄」作何解。「這個刊物雖小，可是前途無量，真的。你還甚麼研究所不研究所的？出國又該怎麼樣呢？這份刊物你就把它當做你自己的事業，我這人沒有別的長處，就是對任何人赤誠相見，不分彼此。別看目前這是個小刊物，不大瞧得上眼，可是人不可貌相，海水不可斗量，將來，哼，我們國際畫刊，等着瞧，我的新計劃是……」

其實，誰等着瞧呢？誰知道有這麼一份刊物呢？等着瞧也瞧不到的，也沒有誰發瘋，等着瞧一份從沒瞧見過的刊物。聽他那末樣的口氣，你會以為在聽單口相聲。所以我說，我開始感到這是一個可玩賞的人物，我不生氣了。

為了那個荒唐的合約書，我們真不知賠上多少唾沫。好，現在沙瑞斌只幹了一個星期，沒拿他分文薪水，只吃過住過所供的膳宿，不知道這位猶太要怎麼算；雖然合約上那一條已經劃掉，並且那一條也不含膳宿，但是瑞斌不僅中途離職，而且又使他遭受損失，我看他是不肯罷休的，且搶在前面攔截他一下看看，好好的窩囊窩囊他。

「我想，這要怪你我都缺乏經驗。當初簽約的時候，合約書上，如果能把工作項目列得詳細一些，抱孩子啦，半夜裏去關霓虹燈啦——」

「嘉禾兄，那是偶而為之的，也是不得已的……」他搶着說。

「但是人手不夠，總是可以預見的事實。那樣的話，工作列明了，沙瑞斌只要簽了約，也就不會發生以後這些不愉快的事情，你說是不是？」

「不是這麼說；我是個直心眼，只覺得彼此不外，相處得如手如足，一些小事，不過是舉手之勞，無所謂的。沙瑞斌這個年輕朋友也真是的！親兄弟一樣，甚麼話不好講呢？要是我，心直口快，心裏不高興的事，就說出來。要是他說，關燈的事，我不幹，只要跟我講一聲，我這人別無長處，從善如流，我是做得到的。可是，我又怎麼有權要求天下人都像我這樣，直腸直肚，有甚麼說甚麼呢？」

你請聽聽這位直心眼的人，何等懇切！

「不過，我還是認為，如果能在合約書上規定明白，還是最適當不過。」

「小事呀，這些瑣瑣碎碎的小事，老實說，我也沒有存心去要他做，這是我跟你嘉禾兄說的心裏話。」

你沒瞧着他把臉皺成甚麼樣子，叫你覺得他也不知受了多深的不白之冤，急于要向你申訴。

「有些工作，怕也不是小事，」我有點氣。「合約書上說得很明白，編輯工作——而且限于美術編輯，這都不計較了，因為瑞斌到職的時候——」

「是啊，」他又搶過去說：「他到社的時候，正是等着看清樣，可以說很閒；約稿的事，我怕他一時還摸不到頭緒，所以還是由我到外面去跑。我內人也許怕他閒得無聊，一個人乍乍的到了新環境，總是甚麼……」

「我說的是發書的工作，這總不算是小事罷？可是——」

「哎喲喂，真是！」你真不相信這位老男人會忽然冒出這種女人腔來，不但使我驚異，連正在沉迷在電視裏的小鳳，也不禁回過頭來，不解的瞪着這位客人。「那末簡單的事體，真是！」尖銳的嗓子仍沒恢復過來，你真以為他被甚麼鬼祟附體，「我是一片好心，怕他閒着無聊，才請他幫幫忙的。這位年輕朋友，真是，太甚麼……」

「這麼說，該是這位年輕朋友的不對了；你這一片好心，反而被他當作惡意。」我攥住拳頭，試了幾試，只是沒有搥下去——本來我就一點也沒有要搥甚麼的意思。

「真不該，真不該，」這人，居然把我的話當真了起來。「我沒想到，他反而那末無情的報復——」

我想，這個人心理不很健全，他認為是報復；如果你並沒有惡意對付人家，怎麼會意識到人家是對你報復呢？

「……總之，嘉禾兄，如今真的是人心不古，年輕人的氣量是愈來愈偏狹了，可歎，也很可怕……」

「一樣，我們年輕時，也是一樣；對，像我們年輕時就聽說人心不古是一樣的，現代人就該是現代人的心，怎麼能古得起來呢？再說——」

「嘉禾兄，這我就不能同意你的高見；一切可以現代化，唯獨這古理古道，不能廢。」

甚麼古理古道！叫人想到古里古怪。我說：「那不是一回事；如果一個年輕人，連一點報復心理都沒有，那還有一點點血性麼？」

也許瑞斌那樣的整人，不夠厚道，也有欠光明正大。設若不必要求一個年輕人像個小老頭似的厚厚道道，但是至少也應該敢作敢當。像他那樣校對清樣時，把一張歌女的照片移到防毒知識的文章裏，把防毒面具移到捧歌女的文章這邊，的確是太損；作為報復，已經夠過分的了。而在寄發刊物的時候，居然把積存的舊刊一一裝封，寄給江儉齋叩頭叩來的那些長期訂戶，豈不是要這個臭蟲的命！

「現在，一切情形，嘉禾兄，你是很清楚了，賸下的是善後問題……」

這個老狐狸又開始堆起一臉的笑。這就不是好兆頭，我敢斷言。

「有形的損失，已經很可觀，排版、印工、紙張，不得了……」

說着說着，這就來了。你總得想個辦法才是。好罷，我也要要這個老狐狸。

「嗯，那是很可觀。」我應和着。

「至少在八萬元以上，這是最保守的數字。」

「我倒以為要在二十萬以上。」

可能他已聽得出，這話不太友善，狠狠愣了一陣。當然，要想以這麼一些詞鋒使他退却，那還是太樂觀了。

「至于無形損失，本刊的信譽掃地，訂戶的責難，同業看了笑話，所有種種這些損失，那是難以估計的。」

「我看，那就不要再去估計了，免得勞心傷神。」

我看他有些忿然了。

一個人的相貌生得再怎樣開朗，清明，但在忿然之際，印堂總歸是要發暗的。我想，那多半是由于眉心虬能起深深的溝紋的關係。而對于江儉齋來說，則無異是更像一具猪頭了，我很替他難過。一個人生就的無可奈何的相貌，假如不能從內涵來修養美化，總是很吃虧的；美容院縱有鬼斧神工，恐怕也只能作皮毛的粉飾而已。

「不過，」他說：「對于無形的損失，法院一樣的可以作有形的判決。」

「對，那就越發不用去估計了。」我附和着說。

原來他要訴諸法律了呢。也許只是一種恐吓罷。但總有些出人意料。看樣子，這事很難輕易了結了。

八萬元，加上可以有形判決的數目，我大致的划算了一下，這是個不小的數字。

「這大概算是民事案子罷——我是對于法律知識知道得太少。」我認真的說，做出誠心要解決問題的態度。

「不過，嘉禾兄，我也並不反對私底下和解，我這人，你是知道的，一向息事寧人，能過得去的話，我可以認虧吃，這都沒有甚麼。」

「是的，私底下和解，自然是上策。」我莊重的說。「能夠大事化小，小事化無，最理想不過了——這小事化無是值得研究的。」

我們認真的對視着。我看他眨着一雙小眼睛，似乎有些無計可施起來。我有這種經驗，很少有人和我對視，而不先避開視線的。我知道似有早衰現象的我這雙眼睛，決沒有甚麼懾人的威力，多半是從人像寫生磨練出來的，瞪慣了人家的眼睛罷了。但我從不曾有過今天這樣的機鋒，這確是叫我自己多少有些驚奇的。你只能說這是一種靈感罷。

「關于法律常識，我是很貧乏，」我努力使自己的臉上不要透出假意。「不過，這也不太要緊；現成的。一位沙律師，可以請教請教，我負責去跟他談談好了，也算是對于這件不大愉快的事，略表我的一點歉意——或者算作一點補償罷。」

「哪位律師？」他側着耳朵問。顯然這個老狐狸有些見疑。這就好。想不到撒謊還有些用呢。

「沙修業大律師，你不知道？沙瑞斌的尊翁。」

然而我的謊是有根據的，或者說它是個未來派的謊也行；一個行將退役去做律師的軍法官，不可以這麼預約麼？

「不過請你放一百個心，一個嚴肅而有正義感的律師，不會因為介入了親子的關係，而有失公正……」

我想，這位江儉齋，如果是個夠標準的觀眾，該看出我的表情之假。撒謊的確要一點功夫才行，我發現。

而他又是一張甚麼樣的臉呢？我形容不出，但我想，我也許可以速寫下來，索性用漫畫的筆法，誇張而戲劇的，豬的擬人化，或者人的擬豬化……。

「嘿，江先生，你猜怎麼樣？我的畫興來了，」我站起來。「走，上樓，我要給你畫一幅速寫像。」

我看到有一絲變化，在那張使人感到皮肉很厚硬的臉上閃過。

而只是閃過，沒有多少停留，很難捕捉的那一絲變化，但被他掩飾着，並且迅速的一閃而過，重又堅持了原先的木然。

這就好，我就是要抓住那副木然的呆滯。

「我倒……嘉禾兄，我倒想，你甚麼時候有空，請你給我畫一幅油畫像——彩色的。」

「好的，」我說。天哪，似乎我一向都在畫黑白的油畫。「以後再說，先來一幅速寫。」

要甚麼彩色呢？那是多餘的色彩；想起約克夏和盤克夏的種猪，在朋友的農場見過，但已記不得黑種和白種，何者是約克夏，何者是盤克夏。大約只記得黑種的嘴巴不長，往上翹着，趴在人工採精的木架上，像個很懂得享福的大老板，嘴裏喘着白沫。而白種的則生着近乎野猪一般的奇長的嘴巴。

我便只記得這種屬于形象的特徵——即所謂造型和色調。也許一個畫家掌握住這個已經很夠了，無所謂屬于概念的約克夏或盤克夏，或者兩種都不是。而我覺得，有一種不帶氧氣箱的防毒面具，也近乎那個造型。

我瞧着江儉齋木然的臉子，心裏想到，你如果只是一個揹住造型和色調的畫家，在今天，顯然你已跟不上了。

一九七〇年十月二十二日內湖

晴時多雲

是這個衖，要命，總算找到了，好像捉甚麼東西，追來追去而終于一把抓住了的那種喜悅。大概不會還有甚麼意外的理由再弄錯了。

真要長長的舒一口氣，這個熊地方，簡直把人給找死。不知是這個衖裏哪一家漆門窗時，就着粘粘的油漆刷子行了方便，順手在衖口的紅磚牆上抹了幾個乾澀的綠字——三十七衖。

大約費去我將近一個小時，把人找得寒心。居然有這樣不合理的街道，只到一百五十五巷，路就斷了，而我要找的是二百七十六巷，截斷到外國去了？愣在丁字路口直擦汗，你總不能那末死心眼兒，漫着橫在面前的一排人家屋頂上爬過去罷。這樣的不合情理，但又不知該責備誰；再沒有比找不到出氣的對象更叫人火上加油的冒火。

為了以防萬一，這是第一百次，掏出備忘錄的小本子來查對。

就像那個廢話不住口的計程車司機說的，有那股子邪勁兒，第一個十字路口如果碰上紅燈，你就準備一路下去都是紅燈罷。一開始沒派到公務車，就已注定不順利了；總之是，怎麼樣都別想稱心。散散的小本子，掏出來一次，就叫人煩一次，每每一打開小本子，就散一次傳單，不知哪來的那些甚麼，紛紛撒落，防不勝防，你就得左一蝦腰，右一蝦腰去撲，去撿，撲着，撿着，總是發誓找個時間清理清理。當然，也並非忙碌到連這麼一點時間也沒有的地步，又不是甚麼繁雜的檔案資料。打地上撿起一片掛號信的執據，不記得是幾百年前給誰寄的掛號信，順手夾進去的，郵戳蓋的不清楚，真是害人，不敢確定還用不用得着保存。萬一湊巧，單就那封掛號信出了毛病呢？不過像這樣子無限期收藏，着實沒有多大意義，要出毛病的話，早就出了。郵政辦得很好是不是？大家都是這麼認為的。但我的意思是說，萬一怎樣的話；郵政果真辦得夠好，甚麼掛號，限時，應該一律取銷的。還沒有辦到那個地步不是嗎？關于這些，似乎也該列入交通安全的，如果按照郵政局隸屬關係來說。這是個新發現，不妨就在下午的協調會上提一下；可見我是個很敬業的公務員，不要瞧不起人。許多大發明家，都是從很細微很細微的小事物上得來靈感的，例如眾所周知的牛頓和蘋果的故事。五十八年度的交通安全週，把郵電安全也涵括在內，說起來，起因只是這麼一張掛號信的執據而已。

圖一個心安罷，這張執據還是收存起來的好。就像方才在巷口兒上掉的那張早過了期的獎券一樣；不想要了，還是撿起來，夾回小本子裏。因為按常理判斷，很可能還不曾對過，要不然不會留到現在。我這個人，大事精明，小事糊塗，真是很難說的。也是為了心安，才又收存起來。因為要不那樣，準就會一輩子記掛着，老是疑心單巧那是張特獎。只不過這又不知道哪一天才能想起去對對號碼。找舊報紙也是頂麻煩的事情。

三十七衖是錯不了了；這倒挺像剝筍子一樣，一層層的剝。不過沒有剝竹筍那樣方便。剝掉了多少巷，剝多少衖；剝掉了多少衖，再剝多少號。所幸不用再剝多少號之幾。

總算只賸下筍心兒——現在，四十九號在望了，想來不再會出甚麼岔子。可也不用再為死記那些沒有道理的數目字而傷神了。

當頂的大太陽。午後兩點多了——準確的說，兩點二十四分；但是怎樣才算準確呢？隨便拉來多少人對錶，每個人一定都有各自與眾不同的獨立時間，如同扶輪社、火車站、臺泥大樓、還有國際獅子會等等公共時鐘一樣。

街裏，從這一頭，望到那一頭，看不到一個鬼影子，可見這是不宜于戶外活動的時候；而我這麼奔波，頭頂上一無遮擋——大家都知道的，在這麼個多雨的亞熱帶臺灣，偏不興穿水鞋，不興戴草帽，不興穿短褲，不興得非常沒有道理——說不出的一肚子委屈，夏令辦公時間的這個時候，偏偏這樣的勞碌命，東跑西跑的查起門牌來。

我敢武斷，參加三點半協調會的那些大老爺們，此刻，沒有一個不是大聲扯鼾的在睡午覺，冷氣設備；吹電風扇是落伍了，起碼也是抽風機。也不知誰他媽的興的甚麼鬼的交通安全週；好像一年當中，其他五十一週都可以馬馬虎虎的不必安全。

如果說，一個承辦交通安全週宣傳工作的小課員，這樣的冒着盛暑接洽公事，不料遇上車禍，或者中暑倒在路上，是否足以構成諷刺。

車禍是很容易發生的，就像方才穿過馬路時那樣，鞋子大了些，脚上又是不用串鞋帶的便鞋，差一點兒就被晒融的柏油給粘掉了。萬一就在千鈞一髮的那個緊急當口，呼的竄來部車子——這樣的時候，車輛愈稀少，愈會鼓勵人開快車的。而且開快車才能拉風取涼——一個煞車不及，那就有的好看了。

已經找到四十七號，前面的一家便是，有一種大功告成的欣慰。舒一口氣，手指輕輕的按一下電鈴；這是跑來有求于人，不可太驚擾了人家，點到為止，不比經常跑老馮家，一定的暗號，狠狠的按它個兩長兩短，兩歲的蜜蜜都聽得出，「裴都都來啦！」喊得那末響亮，隔着一道紅門，一道小庭院，都聽得見。那意思相等于「蘋果來啦！」不會錯的，對于蜜蜜來說，裴叔叔和五爪蘋果，兩者具有同一意義。

別看甚麼大畫家不大畫家的，也是這麼俗氣，標準的流行式，門廊上爬着帶刺的九重葛，屬于現代色的那種紫花，下面是横板的朱漆大門——可是不對！「四十七號之一」，眼睛不經意的落在門牌上，怎麼會多出個「之一」？不由得一愣，拔脚就跑。幸而這兩家大門之間，有棵挺密的扶桑，跑不兩三步，就有了藏身之處。

多有把握的事，還是出岔子了。

這樣子倉皇逃竄，真令人覺得挺塌臺的，好像不好再在這個城市裏混下去了。

聽見那邊開了門，又狠狠的關上。

「哪家小忘八蛋，有娘養，沒娘教的！」

很蒼老很蒼老的嗄嗓子，而且一定掉了門牙，不大關風。

真是萬想不到的，捱人這樣的辱罵。而捱人辱罵了，又還不了嘴，這似乎更加重了被辱罵的分量。這倒為的甚麼呢？冒着盛暑跑出來接洽公事，落了不能反口的侮辱，越想越覺得委屈。

唯一可以給自己找到點兒安慰的，所幸倒很機警，腿神經也倒反應得夠快，該是打棒球的料子。沒有被那個掉了門牙的老東西看到；須知被他看到與否，似乎是大有分別的。

想到謹慎的美德，覺得自己也該勇于認一點兒過才是。這一回不敢再莽撞，把門牌仔仔細細的看了三十三遍——受了那末一場虛驚和侮辱之後，真不放心神志能否很快的完全恢復正常。

千真萬確的肯定了沒有再發生錯誤，不至于又是甚麼鬼的四十七號之二，這才放手去按電鈴。

被辱罵過後，久久不能釋懷。想起來還是很惱人，可惡；應該多少號，就是多少號，豈不很清爽麼？中間要夾上鬼的之幾作甚麼？有生以來這還是頭一次捱人罵得這麼重，還禍延考妣，罵得閉口無言，這真是打哪裏說起呀，我的天！

聽見拖鞋聲走近來，倒又老半天沒有動靜。

紅漆大門，仍然是俗氣的紅漆大門，一個公式的刻着橫槽，橫槽裏漆成白條子，沒有冤枉這位大畫家，大門交給油漆匠處理，藝術得不夠徹底。記得曾經拜讀過這位大畫家的高論，批評觀光事業的種種建築，從不請藝術家設計——至少也該顧問一下藝術家才是。「紅漆柱子就能代表民族風格嗎？我們的老祖宗歷經五千年的創造，就傳下幾根紅漆柱子嗎？」這是這位大畫家慷慨激昂過的。不知道這樣的紅漆大門又代表着甚麼，不中不西的，大紅緞子縫製的西裝。

紅緞子西裝上釘那末一顆玻璃扣子，穿拖鞋的大約正在一隻眼睛貼緊玻璃扣子往外窺視罷。想來，憑我這麼體面，沒有甚麼形跡可疑，不該窺視這麼久還不肯開門的道理。當然，「找誰？」門一開就要這麼問一聲；不過開門的人並不當然非是下女不可。應門的女孩似乎很有教養的樣子，但氣質也不怎麼好，所以要說是位下女，也未始不可，長得體面一些而已。「我要拜會林先生。我們電話約會好了的。」

「請裏面坐，先生在吃飯。」被讓到客廳，短短的十幾步路，兩旁一塊塊靠着牆的大理石坯，像是到了雕石牌的石匠家裏。

「這麼晚，才吃午飯？」我接過一杯紅茶，冰的，杯子外有細細的水珠。

「是。」

那末，坐等罷，女孩把電風扇打開，細心的對了對方向，走開。

性別還沒有被強調出來的那個背影，看不看都是一樣的。

說不準確這是客廳兼畫室，還是畫室兼客廳。冰紅茶的玻璃杯上，密密的水珠愈結愈大了，背上的汗珠，大約也是這樣，挺着腰，聽着背上的蟲子爬行着。

「對不起噢，讓你久等。」一出其不意的，主人從背後不打眼的一扇小門進來。

修長、禿頂，臉孔奇長，我見過，在他發表的歐遊散記的一些照片上。但與面前這個本人不十分像，有些人是不大上相的，或者時間久了，像貌有一些變化。那篇在一本雜誌上連續刊載很久的散記，心中約略一算，恐怕至少也已經六七年了，這就怨不得跟我的想像稍有出入。

寒暄了一番，這位馳譽國際的畫家，嘴角裏啣着一根牙籤，一直微笑的看着我的名片。官卑職小，名片上的銜頭只有寒寒酸酸的一小行，當然，瞧在一個畫家眼裏，並不着意這些，我開始把電話裏簡單的接洽內容，加以演義，至少要讓這位畫家發現公營機構也在重視起社教美術來了，證明不久前他的那篇高論已經有了反響，而能使他深深的受到感動；那末這樁公事，一定可以得到他的充分支持與合作。說着說着，我自己都受到了感動，手勢也漸漸的活潑起來。

「是的是的，是的，是的是的……」畫家不住的點頭稱是，不過一再的似乎要插進嘴來，表示他「是的」之外的一些意見。一直等到我的話告一段落，舉杯抿兩口紅茶，才算給了他發言的餘地。

「很對不起，大概您約會的是……是我的三舍弟。我……我去找他來。」

杯子停在嘴上，把我愣住，忘了給這位畫家的兄長道一聲歉，慷慨陳詞了這半天，我不是發瘋了麼？我這人怎會這樣的莽撞？

「當然當然，」我是不住的應聲，也算是給了這位不會再弄錯的畫家一個保證。「這是應該的，我們可以預付三分之一，甚至二分之一，絕對沒問題……」

畢竟是從事藝術工作的，這樣的話總是很難出口；瞧他說得那末吞吞吐吐，也算碰上我，反應這麼快，話說到他的話前面，讓他免去多少尷尬。

「那倒沒關係，」瞧這位畫家，得到我的保證，反而又故作不在乎起來。「只要你們貴局成了定案，其餘都無所謂的……」

「話不是這麼說，材料費——至少應該先付。林先生你說的對，一切照規矩來，對的！」

我為自己的機靈，感到很滿意，想必在這位畫家心目中，至少也得讚賞一聲：幹練！公家應該多重用一些這樣的幹員。談藝術，幾個公務員能有這樣的修養和見地——而且和一個聞名國際的大畫家所抱持的觀點與主張，完全不謀而合——老天，我才不告訴他我曾經拜讀過他的那些讜論呢。這一方面的鬼聰明，我是很有一些的；用他的意見，酌量的變換一些外行話進去，很巧妙的顯示出都是我的一些所謂淺見。情感豐富的畫家，顯得很激動。當然，擁有那樣盛譽的大畫家，不會感到寂寞的；但是能在公營機構多半是淺薄庸俗的辦事員當中，遇上這麼一位知音，顯然並不容易。不過，故作外行，也有某些限度，間或亮出一點術語，倒是必要的，這樣不僅可以藉以消除隔行如隔山的距離，促進彼此間的體諒，且還可以表現一些個人的藝術修養；譬如畫稿的主題幾經商討而告決定之後，我的任務原已完成，但是畫家希望這四幅巨畫也由他包辦——

「當然我的目的，決不是想賺這一筆錢——」

「這我了解，」我搶着說：「交給廣告社去照畫稿畫，匠氣就出來了；雖然整個構圖不致出入太大，可是，首先，筆觸表現不出來，那就完全走了味道。」

「是——的是的，是的，是——的是的……」同他的那位兄長完全一個口氣，不住深深的點頭，不同的是節奏上略有變化。

「我們所以只請林先生你設計畫稿，其餘臨摹的工作包給廣告商，當然是因為不敢勞動林先生你——嘜嘜，這樣大熱天；既然林先生你肯這麼幫忙，那太好了，太好了……」

「當然我是不會親手去甚麼，不過是由我的學生畫，我來監督。不管怎麼說，總比廣告公司要靠得住多了。」

「當然當然。」

「時間也很合適，暑假嘛不是？」

「當然。不過太辛苦你了——」

「再說，對于清寒一些的同學，未始不是幫了他們一個小忙。」

「這真是太好了，太好了。不過將來報銷的問題……」這是最令人頭痛的事。「林先生你是知道的，公營事業，所謂制度，很麻煩，動不動總是單據，很抱歉……」

「我想，」畫家沉吟了一下。「我想，不太成問題，工程、材料，都是有單據的。至于怎麼樣給他們同學開一點錢，數字不大，雖然我開不出合法的單據，不過，我想貴局是不是可以用獎金一類，或者其他的名義……」

「這個，我回去再研究，大概沒有多大問題。」

但是話雖這麼說，畢竟我還不曾承辦過這樣的事務，沒有前例可援。可是不管了，回去再跟課長磋商罷。

然而，畫家便吞吞吐吐的給了我那樣的暗示，他說：

「你們當然也很辛苦，辦這個專案，當然也不止您一個人是罷？……我呢，雖說不懂得做生意，生意上的規矩麼，還是要守；按規矩呢，我們大家都不能白辛苦，您說是不是呢？有些話……這個是，這個是，不大方便說出口，總而言之，照規矩來，不是嗎？」

「這個當然，照規矩來。」我懂得那個意思，究竟是藝術家，不是生意人，不好張口就是錢，譬如預付定金等等，這得體諒人家。我說：「你請放心，畫稿一核定，預算是控制在那兒的，我們馬上支付，全部支付。至于工程方面，只要動手畫了，至少，材料費——」

而畫家又推辭起來，「那倒不必，那倒不必」的客氣了。其實錢是公家的，又不用私人一個大錢，早付晚付還不是一樣！不過風聞有人是先跟公家支領了來，存在銀行吃利息，能拖上一兩個月，或者更久一些，然後再支付給商戶，聽說這已經是最規矩、最斯文的一種手法了，比起回扣甚麼的，還算不得貪贓枉法。

總之，畫家很感激我的靈通，就看他猛敬香菸，猛上冰紅茶，冰哈密瓜，這便很明顯。等將來付款付得那末乾脆，那末清白，就可以證明今天沒有白受他的招待，更讓這位畫家在讚賞我這個幹員的幹練之餘，還須讚賞我這人的品德操守一番……。

出得紅漆大門，心情非常愉快。趕巧隔壁四十七號之一也在送客。

想不到一牆之隔，在牆這邊，受人讚賞；牆那一邊，被人罵了一聲小忘八蛋。

介乎這兩家紅門中間的扶桑，生得很盛，但是濃密密的枝葉，撐不住烈日烘烤，都已失去光澤的萎靡了。這樣的氣候奔走在外接洽公事，而且挨罵，我跟自己搖搖頭，可惜四十七號之一送客的主人，偏不是那個賤嘴的老頭，連想瞪他一眼的機會都沒落在，不知要怎樣出這一口冤氣。

一路想着怎樣報復，但是都很幼稚，譬如下次要帶根粉筆來，等等。

「還算順利，」我說，接過課長好像慰問人的一枝洋菸，不必要的就着辦公桌邊上磕了又磕。「我看，這些藝術家真難伺候；你知道費了多少唇舌！……」把愁苦儘量的推到臉上。不一定是要表功，至少應該叫這位頂頭上司領領情才是。

一點也不錯，很有些效力，課長又把燒煤氣的打火機打燸了火送過來，「辛苦辛苦……」

想起「武家坡」的戲詞，這苦嘛，還在後頭呢？老好人的課長很受感動。課長有個毛病，每當所謂運思、激動、或者認真專注的時候，總是一雙手下力的對搓着，從手掌搓到脈窩裏；搓着，撲着，好像手上不知有多少灰垢。課裏同事們，私下裏都喊他王搓手，後來索性轉化成了王抄手，課長的兒子滿月，請我們去他家吃酒，有位同事要吃餛飩麵，大家都笑了，老好人課長不知情，還說餛飩麵有甚麼好吃的！又搓起手來，雖然並非所謂運思、激動、或者認真專注的時候。手閒着時，也是一樣的會緊一陣，慢一陣的搓着不停。人是很清廉的。

關于書稿之外，那四幅巨畫能否包給這位畫家，我是沒有多少把握，這就必須先把老好人王抄手給套住。而且能否先付一筆材料費，也是要課長去跟上面爭取才行。

課長搓着手，聆聽我一字不漏把經過情形報告給他。當然，有些地方，仍然還是要相機而行，增減一些利或不利的說詞。沒有辦法呀，已經給人家開了些支票，不拉住王抄手怎麼行呢？

「所以說，你啊，還要多磨練磨練，」課長忍不住要笑不笑的樣子，並且加緊的搓手。「你知道做生意的規矩嗎？我看，未必……」

「這當然也不能叫人家明說，人家又不是生意人。」

「你弄擰了。」課長很不見外的忠告說。

望着課長刮得青根根的鬍子顎，一時我還想不明白甚麼道理。望着一雙不停的搓着的乾手，又望望課長玻璃板底下一張鋼筆簽名照片，好像是唱黃梅調的那個陰陽人，屬于課長那種人物的可憐憫的趣味。而我仍然尋思不出我弄擰了甚麼。

「你細細想想，人家是甚麼意思？——照規矩來？甚麼規矩？所以說——」王抄手不再搓手，苦不堪言的樣子，搖着指頭指了我半天打了一個胃病患者的氣嗝，這才說出口來，「你們年輕人熱情有餘，經驗不足，你還太嫩了。也許有些人，起初就是從這些誤會開始墮落的……」

怎會愈說愈嚴重了起來，老天！

一個似是而非的意念，打腦門上掠過去，我跳起來。「課長，你是說，紅包規矩？」

課長悠然起來，靠向安樂椅背上，左右轉了轉，抑住笑意的瞟着我，不言語。

轉身衝出辦公室，羞辱得好似頭髮上起了火，聽見背後王抄手連連喊了兩聲。不管了，要馬上把滿頭的火勢撲滅了才行。

出得辦公大廈，門前剛好停着一部計程車，還算湊手。拱進車裏去，等砰的一聲帶上車門，我叫着：「××南路，二段，快！」頂好它能四輪不着地的飛起來。

仔細把那番談話複習一遍，前後品味着，真是不該這麼冒失，糊塗，倒還以幹練自得呢。然而這位大畫家也是不該；怎麼可以那末落俗、腐敗、誘人入罪！虧得課長夠意思——雖然染有搓手的壞毛病，倒像是正因為長年搓個不停，搓得很乾淨，不是一雙伸出來要錢的髒手，指點了我的迷津……。

但是多可惡啊，眼睛落到車費錶上，我叫着：「停車停車，給我停下來！」好一股叫人發昏的氣憤。

該死的司機，真會裝佯；車停下來，張着小嘴，裝作不知情的神態，驚愕的望着我。

「你當我是土狗？有這麼吃人的！」

我故意的做出不動氣的樣子，但又止不住倒扣着牙齒，盡其所有的惡意都推到臉上，恨不得一拳打歪他強裝不解的半張着的小嘴巴。

「你說，跑有多少公里，你給我說！」

司機順着我的指頭，故作驚愕的回顧一眼車費錶。「別廢話，開派出所。」我咬着牙說：「得了！三十八塊，青天白日的，你要造反！」

「這是怎麼呢？你先生不是叫我等你？」司機的眉毛提到頭頂上，接上了類似披頭的一撮劉海。

「你還瞪着眼說瞎話！」指頭差不多要點到他的鼻尖上。但我也懷疑起來，他有這麼大的膽子？

「怎麼這樣！你不認賬就算了。」司機的眼睛豎起來。「打飛機場來，又繞後車站，錶上跑這麼多，我又沒有做假；你進去半天，我也沒有跳錶……」

怎麼把飛機場、後車站，都扯出來了？「嗐，」我鑽出車門，丟給他五塊錢票子。

「你是認錯人了，趕緊回去等那個人去，別把你生意給漂了。」

這司機眨眨眼，也才算過賬來，飛快的扳運方向盤，打一個廻旋往回開。「看錯人了，看錯了……」看似那樣的動動嘴，並且還向這邊揚一下手，車子便像畏罪而逃似的跑了。

瞟一眼皇皇的日頭，坐五塊錢的計程車，這是頭一回。還是要攔計程車才行，這樣的惡天氣。

今天是怎麼了，如此不順遂！

跟畫家冰釋了足以使人人格受辱的誤會，首先應該感謝王抄手課長；心裏不住的叫險，要不經這麼一個貴人指點，下次去取畫稿的時候，人家口裏不說，心裏怎想？——要紅包的髒小子來了。而自己，無所知的覥着一張挺秀氣的臉，顧自覺着不知有多體面呢。

回到局裏，總還算趕上了開會——承辦人員的所謂趕上開會應該是提前一二十分鐘。然而一路上緊趕慢趕，近乎庸人自擾的那末忙得好生不快，仍然沒能趕上承辦人員的開會時間。會場裏，課長在替我分發資料，招呼菸茶，很不甚麼的。以後不要再沒有人心的喊人家王抄手了罷。

「你真是的，」課長讓我從他手上取過打字油印的會議資料，等不及的騰出手來搓着；而且可能是超過間歇的時間久了一些，為了追補，搓得更加用力。他是很顧惜的責備說：「下次再去取畫稿的時候，再說明白也不遲呀。真是急性子一個。」

「不行；哪怕是一分一秒，我都受不了人家把我想成那樣鄙污。」

「當然，得感謝課長的指點。」把資料一份份的擺好在長形會議桌上，我搓着手說——居然我也受到薰陶了呢。

把宣傳計劃等等資料宣讀完畢，抹着汗坐下，感到冷氣開晚了一些。計劃是我一手草擬的，讀着，我自己很受感動，一點也不曾援用去年安全週老案子的前例，地道的創作；我是最不表好感的對于跨街扯起一條紅布，上面剪貼着標語之類只顧交差不求效果的老套。

但是這些老爺們似乎是鐵石心腸，沒有顯着的反應，整個會議室處于靜寂狀態，只有冷氣機，嗡嗡不停的在那兒發言。

「怎樣，各位？」主席摘下花鏡，一個個望過去說。「有甚麼高見，各位？這是。」怎樣？抽菸的抽菸，飲茶的飲茶。清理鼻孔的清理鼻孔，有的儼然那末回事的翻着資料，都像是還不曾從午睡裏完全清醒過來。

「計劃是很好，很周嚴，詳盡……」廢話！主計單位的盧專員站起來，咿咿唔唔的發表高見。「我看，預算開列的多了些，有些項目似乎——我是說，似乎可以撙節一些，譬如——」一臉的算盤相，一嘴嘩啦嘩啦響着的算盤珠子。

我們課長不等跟主席招呼，就挺身而出。

「這是照年度預算的宣傳費往裏打的，並沒有超出預算。」

「不過全年的預算，不宜一個安全週就把它用光了。尤其是年度剛開始——」

「只要不是浪費，一次用，跟一百次用，有甚麼不同呢？」課長的一雙手，勢必大搓不可了。我是埋頭做着記錄，不用看，也猜得出。課長是二度攔截那個管錢的盧專員。

「如果分做一百次用，不發生效用，何如一次用呢？問題不在多少次，是看效用大不大。也許我不該信口批評，所有主計單位都犯同一個毛病；年度開始，不問情由，預算總是揹得死死的，等到年度快結束了，手頭又大得離了譜——」

「這是成見太深。錢，不是管主計的打家裏帶來的，是為國家節省；有了節餘，管主計的也帶不回家一絲一毫，還不是繳回國庫！所以說——」

「這我有兩點要跟盧專員請教：頭一點，年度結餘，按結餘金額，主計單位有獎金可得；第二點，結餘繳回國庫，並不是甚麼功勞，反而是一種過失；因為那正證明年度工作計劃不準確，開列的預算不實在。」

胖胖的盧專員，一直翻着白眼珠子在瞪我們王抄手，鼻頭紅得很傷心的樣子。「要說那是過失，」他說：「責任在策劃單位，不能推給主計單位——」

「審計工作是誰的？」我們課長打斷了話頭，插進嘴去。而盧胖子拼命的擺着手阻止，一臉的冤枉相。

「而且……而且……」胖子努力要爭取辯解，像是單車騎得不很熟練，上車不夠溜活，一隻脚拖在地上，老蹬，老蹬，半天才跨上車子。「而且……而且我說的節餘，是過節的節，不是結賬的結。這個節餘……」

「這又不是咬文嚼字的事……」課長嘲笑着。

居然為這兩個熊名詞，雙方堅持起來。

雖然很痛快；我們課長那種粘勁兒，塗了魚鰾似的跟盧胖子鰾上了。可是我開始躭心，會議主席——我們的主任秘書，出名的急躁脾氣，怕要拍桌子了。

「怎樣，這是？」主席從會議資料上抬起頭來，再度的脫下花鏡。「就事論事，效率第一，別鬧意氣，今天是協調會議不是嗎？」

主席沒發脾氣，真算是特別優待，這樣的熱天。

「具體些，主計單位，」主席咬着眼鏡腿，挺悠閒的仰到椅背上。「大家都幫忙看看，要節省開支，得節省出道理來。這是。看看二課提出的計劃，有沒有不十分必要的項目可以削減的？用點兒心，這是。」

我是決意要惱這個守財奴的盧胖子了；他可並沒有照着主席所指示的用點兒心，五短的小胖手又朝着主席舉起來。經過剛才那一番爭論，我看他已不懷好意。

「譬如，這個，計劃第三頁，第五條，造型藝術，經費佔的比例，太甚麼……」

「在哪裏？多少頁？」主席問他，等着他又重說了一遍。

「甚麼呀，甚麼呀，甚麼造型藝術？」主席摘下眼鏡，衝着我們課長問。好強梁的口氣。

我是忍不住的搶着站起來，很扼要的解釋一番。

「乾脆就是美術不行嗎？改過來。」

「我來跟主任秘書報告一下，由于……」課長準備給我補充。

「不要在文字上推敲了，這是。改過來，難聽得很，造型造型的。」

我不大明白，我們這位急躁脾氣的主席，怎會用上「難聽」來做理由。而且為甚麼難聽呢？也頗令人困惑。

盧胖子一直豎在那裏，等着繼續發表高論。個子雖然不高，瞧上去還是很礙眼的。「好，主計單位，現在聽你的意見。」主席清清嗓子說。管錢的專員豎在那裏半天了，可也捱上了號。不過還算含蓄，臨時又做出很抱歉的一笑，「我是舉個例子說，也許不很妥當，譬如，這樣四幅畫，一萬二千元，太高了，一半，也許就夠了，是否可以核減一些？」

「這筆經費，在計算方法一欄裏，已經有詳細說明；」我們課長狠狠的搓着手說：「畫稿一幅三千元，請名畫家設計繪製，已經是不能再低的價格；關于這一點，為了爭取時效——時間的確是不多，經過口頭請示我們組長，已經跟一位享譽國際的大畫家接洽過了，完全是靠情面幫忙才答應下來。這位畫家在國外畫展時，一幅畫賣過兩萬美金。現在給我們畫，藝術家的脾氣，最惱人家出題給他畫，再高的價錢，還輿人家不幹的呢。要說這四幅畫稿一共一萬二千元，只等于聊表一點酬謝的意思，真正的讓人家開價，我們只怕還付不起。至于根據畫稿，在交通要地畫四幅巨畫，單是架起架子來，就得多少罷——」

「那我要插句嘴，幹嗎非請甚麼大畫家不可，這是？」主席問得又是那樣的強梁。
「這是代表我國的文化水準。而且——」
「包給廣告公司不行嗎？」
我是忍不住要說話了。「主席，我們的構想是：要宣傳，就要吸引人，不能讓人感到那是宣傳，甚至是廣告。報紙上的廣告也罷，電視上的也罷，有誰去看呢？除非是特別需要——」
「太主觀——你這種論調。」主席直搖頭。「那廣告商吃甚麼，這是？做生意的肯出幾千，幾萬，甚至十幾萬，幾十萬做廣告，傻子啊，這是？」
「所以不做廣告則已，要做廣告就得花大錢；宣傳更是的；廣告還有大減價，買一送一，對號還本種種吸引力，宣傳呢？總不能宣傳說，遵守交通秩序，可以半票優待罷？」我看到主席瞪眼睛，也看到有些與會人員用一種「這小子莫名其妙罷」的眼神睨我，要不是躭心，便是希望我捱主席刮刮鬍子。我才不管，抓住了理不能放鬆。「所以，如果我們的宣傳，如果能夠通過藝術手法，用吸引人、又經得住欣賞的繪畫，情況就不同。……」
我真的很滿意這樣子的侃侃而談，雖然主席一直搖頭——怎會那樣的冥頑呢？難道開不了竅嗎？但我不管，這些個自以為官位愈高，學問愈大的老爺們，實在該教育教育他們。

「……再說，我們是被人譏笑文化沙漠的地方；心裏不服氣，沒有用，事實俱在，走遍大街小巷，看不到藝術在哪裏——除了商業廣告，要不是動不動就大紅的漆柱，所謂民族風格，很可笑的——」

「好了，好了，別扯遠了，這是。文化也罷，藝術也罷——你是新進人員，是罷？我們不是文化局，也不是觀光局，職責所在，先要弄清楚，這是……」

我想說，民族文化和國家的體面，人人有責任，不能這麼本位主義，可是課長手在檯布下面扯了扯我的褲子，似乎不便再爭論甚麼了。

「你們計劃請名家來替我們宣傳，我不反對這些。不過，有一點，王課長，我可要提醒你們一下子，我們可不要來甚麼……這個……來甚麼印象派，叫人看不懂，這是。」

「那倒不會。」課長謙遜的搓着手——可見他搓手雖一，但隨着不同的時機，乃有不同的表情與意義。

但這個印象派從何而來，我是不十分懂的，就像造型藝術為何難聽，一樣的不可解。

「要不得，這是，那些時髦的玩意，亂搞……」不知道所謂的印象派是怎樣的傷了我們主席的心。

然而我忽然領悟了，「是抽象派罷？」我沒有正式的站起來發言。不過聲量很大，料想足可從我這個末座上達到主席那裏去。

直到散會之前的最後幾分鐘，我才參悟出來造型藝術為何難聽的道理，毛病是出在主席那種南方人的發音上面，未免很遺憾。細心草擬的宣傳計劃，仍然千慮一失，沒有顧及全國各地的方言，也算是不夠細緻周嚴罷。

然而我是用國語草擬計劃的。

畫稿如期的收到，有些兒如獲至寶的欣喜和珍視。

本來我所唯一躭心的是這些對于俗務都很懶散不大經心的藝術家們，尤其有了如此名氣的這位大畫家。

而且不僅是守時，真是拿當一回正事在辦；畫稿確實耗費了不少的心血，看起來是簡簡單單的鉛筆素描，但那末經看，值得反覆欣賞，構圖佈局，處處可見多麼認真、紮實。所有這些，對于一位聲譽如此的這位畫家，自然沒有甚麼了不起，但是肯于這樣的委屈，畫他所不樂意的寫實畫——為了新穎，雖則他已作了一些很適當的變形的誇張手法來處理——使我覺得比他所有的作品，都更珍貴。畫稿一到手，我便起了貪心⋯⋯。

課長甚至連手都沒有搓一搓，就通過了。可是組長有意見，第一點：為甚麼把車廂畫得像口棺材——一頭大，一頭小？多不吉祥！第二點：車廂裏怎麼沒有乘客？營業壞到這個地步麼？第三點：這是斑馬線嗎？倒真成了斑馬身上的花紋了，歪歪扭扭的。甚麼大畫家？還不如工人畫得直。第四點：這一排大樓，怎麼一棟直的都沒有？一邊倒，甚麼意思？而且……（稍停，手持着畫稿，跟他自己的方向比了比，好似很為一個別具慧眼的發現而興奮起來）你看到沒有，唵？左傾，一律都是往左傾，甚麼意思？你過來看，過來看……

我沒有過去看，但我看了。

「所以啊，你們辦事太粗心，太不用腦子。」

由于第四點嚴重到這樣地步，原本還想解釋一下透視和動像等等，給這位上司盡一盡義務教育，可是既而一想，都是廢話，說也等于白說。

「拿回去修改罷。」四張畫稿好不珍惜的往寫字檯上一扔，安樂椅擰轉過去，白而透明如漢玉的指頭，開始撥着電話字盤。

兩百磅的鉛畫紙，四幅四開的畫稿，合起來也的很重的，那樣的一扔，把一座紫檀座子的飾物碰倒了。聽着組長大人在電話裏約會着哪裏的飯局，我收回畫稿，順手把紫檀座子扶扶正。去年局慶時，各級主管都曾獲贈了這麼一座飾物；紫檀木座嵌着一方鍍金版，上鐫「新速實簡」四個隸字，算是紀念品兼座右銘罷。

等飯局的電話打完，又等一個牌局的電話。組長的話筒放下，我已經有了充分的腹案準備。我的理由是修改很難，藝術家們都有臭脾氣，而且究竟不是廣告商可比。

「他要不要錢的？」

臉色和語氣都很令人嚥不下去。而當我來不及想要努力下嚥時，訓示緊接着又砸下來：

「誰作主？——花錢的作主，還是賺錢的作主？」

我把協調會上主任秘書裁決的事項跟組長報告了一番。但是在那張品種很差的橘子皮似的臉上，幾乎看不出反映；不僅看不出可與否，而且很使人懷疑是否在聽我絮絮叨叨的報告。

「那個誰——四組的秘書，林甚麼啦？」

「林君武？」一出口，我就惱起來，一個人會把小舅爺的名字忘掉麼？分明故作漠然，好似他同林君武全無干係。

「對了，林秘書很會兩筆，知道嗎？去年交通安全週似乎就是找他畫的——我不太記得，調調去年的老案看看再說。」

天！那也叫做畫？老案早就調出來，正因為實在不像畫，張貼出去只有丟人現世的分兒，才決意推翻老案，重新設計。如果再落進那種人的手裏去糟蹋，我真寧可……寧可……然而，我能寧可怎麼樣呢？不過是氣話。

「要是我沒有記錯的話，就照老案辦。省錢、省神、省事。包給廣告商，完全聽我們的；捧着錢去伺候甚麼畫家不畫家的，找那個麻煩作甚麼？」

「不過這四份畫稿的錢，還是要付給人家的——」

「殺殺價。哪值那末多？不能拿公家的錢隨便浪費掉。」

這個老狐狸！組裏的同事們取的這個綽號真的沒有錯……而這個感想剛在意識裏動了動，老狐狸又發話了：「至于廣告公司，我倒是有人；老朋友，照這個預算看來，節約三分之一，絕沒有問題。公家的錢，一個要當兩個用。這個原則一定要掌握住，知道嗎？浪費公帑，法律上的罪雖然很輕，可是良心上的制裁……」

好像是致良知甚麼的大道理，聽的太多，聽飽了，我不要聽，心裏只想着，如果再爭持甚麼，別叫他疑心我堅持要請畫家來畫，是為了能有甚麼好處，何必呢？

只是確實無顏再見那位畫家了。第一個念頭是這個。

但這四幅畫稿，由公家付錢後歸檔，極可能是我的了。這是第二個念頭，也是唯一的收穫。貪心，我知道，而我有一千個理由可使我的貪心俯仰無愧。也罷，找王抄手再來跟老狐狸鏢鏢看，或許還有挽回餘地……

一九六九年七月三十日內湖

現在幾點鐘

又一次完蛋，我跟自己說。喘着靠到門框上，我又敲了第二遍門。三夾板的門很薄，一些粗製濫造的公寓房子都是這樣，你只須一根指頭在上面點點，就有夜半深巷子裏賣餛飩的梆子那末響。每次來找玉瑾，都是這樣的敲門，一根指頭。只有在三次還不應門的時候，才用彎着的手指骨節去敲，仍是一根指頭。多半那是她伏在課本上用功用得睡着了。

裏面有籐椅腿重重擦在地上的聲音。

一路上我跟自己唸着，又一次完蛋了，唸得煩人而不能自已。沒有甚麼好嚴重的，我也在勸解自己。任何事的次數一多了，就該不再受重視；像是跟玉瑾鬼混之類的事情；久了，你就覺得好隨便。

但也並不是嚴不嚴重的問題；對于這一次完蛋，我甚至感到大快人心。勝利者也是要負傷的。也許所謂勝敗，只不過分別在誰的傷勢輕一些，誰的重一些。

門開開。玉瑾的老毛病，總是只把門打開三十度左右，那是說以門軸做圓心所構成的角度。我說那是表示她心理不很健全。

門裏是黃蒼蒼的一張臉，而你沒有理由說她不健康。我已經習慣于她的面色。她是老愛穿式樣雖有變化，却是我一直認為很土的那種格子花色的衣裳，甚至迷你裝都不例外。所有黃蒼蒼的臉，披肩的耶穌頭，格子花色的料子，三十度等等，不管有無好感，久了，也便想不到還有甚麼好挑剔；唯一不習慣的是她才換了不久的隱形眼鏡，老是叫你很容易健忘的關心她怎麼不戴眼鏡，不由得要替她瞇一瞇眼，彷彿對于任何一線微弱的亮光，都有不勝招架之慼。再不就是疑心她的眼球發出一種腥味，那上面粘着一片魚鱗。

她用她的隱形眼鏡，瞥了一下我背後的手提包。

「兩天，一點兒不多，」好像要掩飾甚麼，我提起仿製一家航空公司的藍色尼龍質料的手提包，兩手揹在背後的提着它。我說：「最快的一次完蛋，妳想像不到。」

躲在一對劍眉底下的，微陷而細長細長的眼睛，那末不着意的瞄過來一眼。我由着肩的寬度，把三十度撐大了一些走進來。

氣還沒有平——我是說，純粹的生理上的。

四層樓不是主要原因，而是我不能忍受小老人似的，一步一級的捱着爬，爬得人暮氣沉沉。樓梯只是一個過程，把本來一步就可以跨進去的門，故意的提到半空；又不比爬山，兩旁有的是可看的給你欣賞。我必須一步三級的猛爬，即使爬到強弩之末的最後一層樓梯，也還是維持着一步兩級。

室內比外邊甬道上不到五十燭光的燈泡還要亮一些，雖然玉瑾慣常只開一座以前毛頭神通廣大買自 PX 的迷你檯燈。

我把手臂張開，慣例，等着她不刻意的向你投送過來。玉瑾這個鬼丫頭，你是永遠沒有辦法把她的人格統一起來；此刻，你吻着她，但如果她知道你居然還有餘情，匆匆計算了一下兩人有多少日子不曾這樣了，她會氣上三個鐘點不理人。她就是這樣叫人摸不清她在這些事情上的態度。你不能不認為她有多認真，但同時可又比男孩子還要隨便。當然，深入一些的說，這也並不算怎麼牴觸；愈是偏食的人，似乎愈是食慾不振。玉瑾却是那種擔子、攤子、推車、小吃店，不管哪兒都從不揀嘴，隨便得不得了，却是吃相又認真得不得了的女孩子。

在她這樣閉上眼的時候，眼眶便會越發的顯得凹陷。你會感到她是眼球乾癟了的那種盲人。她若有自知，我猜她又會說只有白種人才是凹眼眶。而她又並不把白種人看得有甚麼好。這就是玉瑾始終叫你沒辦法把她這個人統一起來的地方；如同她近視的程度已經超過五百度，而眼球却比常人還要窪進去，好像一切她都非要拗着來不可。

我沒有抱住她，因為手提包並不輕，而不知為甚麼不把它放下。兩手抄在她後面合握住手提包的提把兒，你能夠感到手提包的重量有一種壓力施于她的臀部，使她貼緊了一些上來。在觸覺上，彼此的身體適度的清楚起來。

這樣過後，她仍有她戲劇性的禁例，你不能馬上就跟她說甚麼。不然又會惹惱了她三個小時。至于需要多長的時間才可解禁，那不是死板得需要計時才能決定的。也許和一個牧師禱告結束之後，從阿們到緩緩張開眼來那之間的一段時間差不多的久罷。我把它叫做虔誠的時間。

我已是這樣的習慣于玉瑾的種種。

當然也不能昧心的說，好像很委屈的，只為了遷就而學着怎樣去習慣她。到她這裏，我還不是習慣得像回到自家裏一樣！有我的拖鞋，公然放在茶几下面永遠不變的位置上。拖鞋擺在那兒，她很坦然。然而也不是毫不在乎的所謂那種大膽；那只是一雙我只能穿進四個脚趾的女用拖鞋。不過要是以我的家庭來說，不能這樣的比。家不一定都是使你習慣的地方。如果說完蛋對于我多少含有一些嚴重的意味，毋寧是每一次完蛋，老頭子那張嘴角上結着瘢痕和瘤子的猙獰的臉子的出現，給我的威脅要更強烈一些才對。

一個家庭裏有了這樣的一張臉，碰巧又是一家之主的臉，常時被酒精燒紅，瘤子像一顆透熟的櫻桃，你能否安命的習慣起來呢？你如何能不寧願習慣于——甚至喜愛這張留耶穌頭的黃蒼蒼的臉呢？玉瑾不單是這種髮型和臉色；她的嘴型，也不是那種你如果不狠狠吻它，便深感對不起它的那末可愛；薄薄的唇廓，而且幾乎有些癟，我說過，那是未老先衰的嘴唇。她有一口美齒。但是顎骨寬的人，牙總是有足夠的版面可以排得很整齊的。當然，你若是覺得她生就了一張老祖母的嘴唇，不免會把她美得失真的牙齒認作一口假牙。

對于我這些取笑，除掉使她像一頭小獸的皺皺鼻子，却並沒有反駁或反擊我這一口壞牙。但在另一次全不相干的扯淡裏，那是好久好久以後，她說白種人都是那種又癟又薄的嘴型。而我，這才想起，事隔很久了，實在早已經忘掉那次對她嘴型的取笑。女人真夠小器，記仇能記那末久。

不管怎麼說，我捽打着悶了一整天的襪子，質問着一個假設的對象；不錯，我沒有辦法要死要活的愛着玉瑾，但是難道說，她有那末多要受挑剔的缺陷，我就該去習慣于父親那張瘤子像透熟的櫻桃一樣醉紅的櫻唇嗎？無論是誰，處在一種時刻存着逃家慾的境況裏，捨女人而去就醉鬼的老子，這種可能性都不會很大。

而玉瑾，她有一處隨時為你打開三十度門的四樓公寓，供你享有到女人的一切，再有挑剔，你也無權昧住良心說這裏是個不該來的地方。

但是玉瑾，着實也不是一個輕輕鬆鬆便可以理喻的女孩，這我一點也不需要跟誰隱瞞——也許這便是我要付出的唯一的代價。她可以絕不通融你把「虔誠的時間」省略，然而此刻她是怎樣呢？她所給你的，不管你感覺着那是甜的、美的、膩人的、無味的，而當「虔誠的時間」過去，她有權棄你不顧，好似做完了一樁日常的家務事，又好似根本甚麼事情也不曾發生過，就那末顧自的伏到臨窗的書桌上，繼續用她的功去。這麼一個人，你懂得她嗎？瞧她手支着額角，手指縫裏倒夾着一枝原子筆，天線似的插在頭上。你真相信她連室內有否你這個人都不放在心上了。

窗上垂着的又是格子花色的窗帘，完全是她自己獨斷專行的主意。自然那並不是根據甚麼室內佈置圖樣製作的窗帘，也沒有用掛在橫軌上的那種小小的滑輪，而只是一串銅鋁合金的環子。每逢拉動窗帘，便發出環子刮在鐵絲上不甚悅耳的嗄聲，好像鋸到你牙根上，又痠又癢的難受。她有權湊合這樣簡陋的窗帘，如同她有權立刻撇開你，當作完全沒有你這個人在這兒換着拖鞋，而她顧自埋進那一堆精裝本的大學用書裏去。望着她被面前的小檯燈剪裁出來的剪影，你會覺得方才那些個擁抱甚麼的，只等于她蜷在那兒看書看乏了，起來走動一下，瞧瞧鏡子，或者喝一口水，然後又回到原位，繼續她的功課。

「又把襪子放到茶几上啦？」她頭也不回的說。如果你不曾聽出她說的甚麼，你會以為她忽然一陣高興，高聲讀了一句課文。

她有一隻不太配合我的，狗一樣敏銳的鼻子。

「誰又放到茶几上啦？見鬼！」我把被脚汗浸濕了的粘粘的襪子，從茶几上拿下來，順手擔到手提包上。

有甚麼辦法呢？尼龍的質料，總是不吃汗的，難免不有些不很正常的氣味。現在是捧着雙倍的錢，都買不到線襪。對于脚汗重的人，這是近乎鄉愁的一種懷念。對于我這個一次又一次不肯記取教訓，常因忘記隨身携帶衞生紙、而眼睜睜瞪着被犧牲的襪子絞進抽水馬桶漩渦裏的人來說，尼龍質料的襪子，滑滑的不吃水，顯然也不是很稱心的一種代用品。只不過價錢倒還算低廉公道。我是從來不穿十塊錢以上的襪子，從來沒有例外過。

不知甚麼時候了，我看看錶。光線確實夠暗的，把手臂舉起來，送到從玉瑾的右肩上漫過來的燈光裏，仔細的認着。我說：

「不去吃消夜?快十二點……」

但我看錯了錶。錶停了，時針靠近九點，那是說離開國際周刊社，錶就已經停了，此刻才發覺；但也差一些又看錯，誤把分針當作時針。

對于吃消夜，玉瑾沒有回應。我上着鍊，再問她：「吃消夜去罷？」因為在那個鬼周刊社氣飽了，又是那樣倒胃口的壞伙食，等于沒有吃晚飯。現在氣消了，一時覺得世界上沒有不好吃的東西。

不記得昨天還是前天，或者更久，一直忘記給錶上鍊；大約擰了五十把才上足勁。這兩天，鬼的國際周刊，把人欺侮得太過分，錶都忘記上鍊。不過我也算整它夠瞧的。「阿瑾，你等我給你說一件絕妙絕妙的妙事……」我把脫下的手錶掛到電壺嘴上。「真的，簡直妙不可言。」我說。但我知道，任你怎樣妖言惑眾，此刻她都聽不進去。當然也許就憑的是這種不容易分心的本領，她進了大學。然而不管這個理由成不成立，仍然是不合理的。高中臨畢業的那個學期，姑媽給我們兩個懸賞。也算是重賞了，這麼一隻華麗的手錶，作為畢業考全校前三名的獎品。

姑媽說，她所以不等聯考上榜以後再重賞，是覺得在意義上，她喜歡鼓勵，不喜歡近乎買賣的酬庸。但誰個知道姑媽的真意何在。

其實，鼓勵仍然是一種買賣，先付款和後付款的分別而已。只不過事後的酬庸，比較現實一些。

而玉瑾，根本就士氣低落。

「媽，前十名怎樣？」

她是在那兒賴着。

不但那樣，還賴着姑媽把全校畢業成績，縮小範圍為全班成績。

「那就失掉意義。」姑媽不答應。因為姑媽的意思是，全校畢業成績前三名，等于給參加大專聯考提出了信用狀。

「前五名好嗎？前五名可以靠得住了。」其實在我看來，她不必在這兒討價還價，當真能掛上前十名，已經近乎奇蹟。我太知道她吃幾碗飯了。

「那就等你倆考取了大學再說。」姑媽似乎不大悅意，顯然並不欣賞她這種撒賴。我想，姑媽雖然是我們那種小鎮上少見的新派婦女，保護養女或搞甚麼義演之類，但是對于玉瑾所表現的這種缺乏自信，仍不免戒懼一些不祥之兆。而事實上，姑媽對她自己的女兒，實在不如對我較有信心得多。

手銬是我得到了，但我的責任也重了，那一個多月住在姑媽家，準備聯考簡直只成了玉瑾一個人的事，我是一隻手銬請來的家庭教師。吃消夜的習慣，就是從那個時候養成的；在那樣地廣人稀的家庭裏，姑媽一就寢，就是我們兩個的天下。而姑媽總是把冰箱塞了那末多的消夜材料，研究完了新數學題，就研究這一夜的消夜吃甚麼。你知道，我們這樣的年齡，吃消夜的時候，單獨的在一起，心會有多軟弱。

可是當年的學生如今已是大三了（雖然只是夜間部），而那位家庭教師，三年下來，三次聯考，依然是個白丁，這合理嗎？

勉強的說，她是憑着她那種不易分心的本領的；但我只覺得，男人是愈來愈脆弱了。第一次那樣的時候，玉瑾雖然一直央求着，我不要有小孩，我不要有小孩……然而，之後，一樣的可以不分心，而且簡直的靈通起來。那事反而害我真正的害怕了，有闖了大禍的惶恐，又畏懼對不起姑媽，真是狗屁透了。男人的生存，似乎艱難了起來。但男人的生存也許就是那末艱難，只不過女人一天天容易生存了，演變的結果，男人便陷入一種相形見拙的窘境而已。

你會漸漸的發現，父親那一輩的男人怎麼能那樣的光彩而喪盡天良；可以養姘婦，討小，可以把下女的肚子弄大而處理得很得當，可以公然把酒女帶回家來叫兒子認乾媽而平安無事……總之，父親們是一片無往而不利的風光，但是到了你這一代，你完了，你只有自瀆的本領，即使這樣，也要受到良心的責備。那樣子以後，不就是一直的神魂不定麼？為那樣的草率，除了羞恥，似乎甚麼也不曾得到。並且為了那樣的草率和羞恥，要付出多少懊惱和憂懼；對于姑媽，更是一直不敢正眼相視的愧怍着。看在姑媽和玉瑾她們母女倆的眼裏，我一定是個愚蠢得十分可笑的沒有了頭的蒼蠅。焦急和慌張的，沒有頭緒的爬來爬去。一個被愚弄的人，就該是沒有腦袋的人。因為第二天她就跑去原原本本的告訴了姑媽，就有那末「點」。但是妳「點」妳的，也該讓我知道妳已經告訴姑媽了呀，却可惡的瞞住我。

怎麼想，姑媽都不該是常年被酒精紅繞著而酒品又很壞的人親妹妹。

姑媽居然給了玉瑾的藥。對于姑媽這種令人意想不到的開明——若不是開明，又算是別的甚麼呢？——以及她們母女之間那樣毫無距離的要好，我不知道我要怎樣。感激嗎？還是欽敬呢？那才十分可笑。我生不出那種心理。不但如此，反而十分羞恥于自己被愚弄得那末久。雖然當我知道了姑媽的態度和處置之後，我是立刻就卸下了心上許許多多的負擔。

我把脫下的襯衫握一握，塞到茶几上。一種音樂隱隱的傳來，估計不出有多遙遠，也聽不大清楚斷斷續續的屬于甚麼樂器和樂曲。襯衫不是襪子，再髒也髒不了她的茶几；主要的是我不想動，兩腿伸到不能再伸的直，我要閉上眼安安適適的靠一靠，才懶得千里遙遠的去把襯衫掛到牀欄上，或者更遙遠的地方呢。關于亂放東西，她還不是更糟！我輕視所有假惺惺裝着很乾淨衞生的那種人。她根本就愛亂扔東西，褻衣可以蒙在檯燈罩上烘乾，以至滿屋子朦朧着一種屬于洞房的粉紅調子。我聽着耳邊那似乎愈近了一些的樂曲，漸漸的分辨出好像是嗩吶的樣子，約莫在巷口外的馬路上那個方向。這樣深夜裏，基于甚麼理由吹起嗩吶來呢？

在女孩子當中，比較起來，玉瑾算是不大修邊幅的了。至少她不愛修飾，就只這一點可貴罷。要不也不會死心眼兒老穿格子花布的衣裳，而永遠穿不膩。但是她有另一種不值得同情的潔癖，無論怎樣忙碌，每天每天，必須跪着爬着的抹地一次。你沒有辦法了解那是出于一種甚麼心理。自然不會是為着我的亂彈菸灰。對了，這半天把菸忘了。我抽出了一枝，並且拋過去一枝給她，分分她心。我說過，租的房子，犯不着這樣愛惜和考究。她租這樣的房子已經很划不來；又小又壞，價錢又太高。一天當中，除去上班，上夜間部，人待在這裏恐怕不到八個小時，撈不上本。我說過，頂好找一個幹報館工作的，兩個人合租才上算，而且無須另加牀舖。但是能找到報館工作，那距離我太遠。

原來並不是甚麼鬼嗩吶，我把手錶趕緊搶下來，怎麼沒有發現電壺在熱着水呢？不要把我的手錶燙完蛋了罷。從第一次聽講那個故事，不下聽了一百次，我仍不能相信愛迪生怎麼可能把錶當作鷄蛋煮。錶是輝煌的當年所留下的唯一的餘暉。方才光是上鍊，忘掉對時，差一點又被看成十二點多鐘。有時你會無心的，錯把時針和分針顛倒了看，而且碰巧會和你心裏大致估計的時光差不多少出入，很古怪的事。所以我認為，有時也不一定要要求你的錶要如何準確。

「妳的錶幾點了？」這樣的時候，我自會找出無數的題目來分她的心。

「妳明天不上班，還這麼熬？」

「馬上好。」總算她還是聽到我說甚麼了。我不喜歡這樣專心的人，因為你常會被這種人所冷落，弄得你很無趣。

原子筆咚咚咚咚的飛快的搗着，你會想到那是一隻飢餓的公鷄在啄食。像她那個人一樣，走路、抹地、洗衣服、連說話也是，給人的感覺總是咚咚咚的，到東到西的匆忙着。

「我們今天多走幾步，去吃蜘蛛去。」我說。

我們之間有些專用的暗語，似乎是專作互相苦惱用的；把甚麼美味都取個叫人噁心的化名，咂螺螄是肺吸蟲，那種現挖的三色冰淇淋叫做大腸菌，蜘蛛是蚵仔煎……好像做東道的要不想盡辦法叫對方倒足了胃口，就算活該被吃了一頓冤枉。

「怎麼樣？」我釘着問。這樣的無聊，原是常有的事。反正我被冷落了，妳也不見得就能耳根清靜。也算是一種分享罷。

要說做東道，活該多半是她。誰叫她月入將近兩千元呢！並且姑媽從沒斷過給她寄錢來。

「妳別自以為很有價錢，我不是求着要妳請我——我看我身上還有多少……」

該死的國際周刊社，當然我不要拿他分文——當然，一個禮拜還不到，那個吝嗇鬼的社長兩口子，也不會算薪水給你。拉着電線，我試着拔電壺的插頭。「反正妳是陽春麵的命。」但是插頭拔是拔下來了，插頭還在牆脚的插座上，而電線從插頭那裏脫落下來。像收風箏一樣，一把把的拉過電線。分明早該把梢子剪去，重新接上的。梢子有些燙手，膠皮黑了一截，焦得有些硬化了。

「手有多賤哪！」她說，原子筆仍然馬不停蹄的搗着。「插回去！」

「已經開了。」我搖捧着禿了頭的電線。我要它轉着的速度快到看不出是一根蘋果綠的花線在轉，要像電扇那樣的看不出扇葉。

你說她是在心無二用的專注嗎？偏連那末遙遠的嗩吶也聽得到。「看罷，把我襯衫都烤糊了一個洞，賠一件罷……」襯衫虧得沒有接觸上，雖然緊捱着電壺。「不賠也行，今天妳得請我一頓好的，順便慶祝我第四次完蛋。」

「我有麵包了。」總算她肯擺一下披肩的耶穌頭，肯把臉側一側過來。

「用說！誰不知道妳有兩個？」我說了這樣的下流話，忽然感到厭惡；厭惡我自己這麼的肉慾，也厭惡起她那一對裝模作樣而其實叫人乏味的贋品。但是摩登女人，哪一個不是從頭到脚一身的假，何況玉瑾還不算甚麼摩登。雖然我說：「留着明天早點。」却又覺得何需明天，我趿拉着已經脫掉的皮鞋過去，好似踩着高蹺，張開兩臂保持平衡。我感到饑餓，多方面的饑餓。不過有時你餓過了頭，反而失去胃口；挑剔的覺得沒有甚麼不是乏味的，這個那個的，然而還是勉強進餐。

手從她那不曾設防的兩脅底下抄到前面去，「餓了，餓死我了……」眼睛到處去搜索那種透出油斑的紙袋。只怪她心虛，其實我還不曾找到，她想搶着藏起來，紙袋躲在幾張作業紙下面，她手向那底下伸去，我就猜到了。還是我的反應快罷，我真的是感到餓了，我們搶着，紙袋撕爛了，總算搶得很公平，居然真的是兩個，一人一個。

意想不到的正是我愛吃的酸菜餡麵包。

「可見妳已經被我同化了。」我得意的說。

「討厭，好像大陸跑來的。」

「限妳三分鐘，」塞一嘴的東西，我用舌頭把它推到一旁，清清楚楚的警告她說：

「三分鐘內如果不吃掉的話，妳就失去權利。」

她不理會，搶去的一個塞進抽屜裏，用肚子死死的堵住。

「哪兒買的？我再去。」這真是吊胃口。我壓住她的腦袋，叫她直不起頭來，刑求她。

「你走開。」

「妳啊，大約一個月沒有洗頭了。」我聞得出的。

抱着她的頭搖晃着。想起有一次，兩個人湊巧都要吃那種煮熟之後晒脆了的酥花生。由于不知道該叫甚麼，一條街一條街的搜索了兩個鐘點。兩個人好像參觀水族館，折着腰，一家一家的去觀察人家的玻璃櫃臺。她還不曾配隱形眼鏡，我沒有辦法不懷疑她的視力，明明已經超過五百度的近視了，還湊合着戴三百度的眼鏡。陪她看電影，要坐到八排前面；看得你發昏。那天，跑了一百條街才買到；是她已經看過的地方，是我不放心又看一遍，而終于找到的。所以越發的叫人相信，一百條街，很可能有八十條街是跑得冤枉的。

「講罷，甚麼不可言的妙事。」她說。

吃起麵包，她也是白種人的吃法；撕着吃，而非咬着吃。

「我以為妳聾了。」我說。「時間已過，不講了。」

「看你能造多高的紀錄——今年之內。」

「完蛋的機會不多，快抽籤了。一做了兵，就沒那末容易完蛋。你放心。到底幾點鐘了？」我扳過她的腕子看錶，揩油了一口她手裏的麵包。腕子不是順着肘彎扳過來的，屬于芭蕾舞那種偏要跟人體性向拗着來的姿式。很熟悉的姿式罷，在這種情況下，不怕一個女人有天鵝那末長的脖子，也躲不開你。

她有那種忍術，或者是印度的瑜珈術，用來對付你的空手道。隨你愛把她扭成甚麼式樣，就是甚麼式樣，照樣吃她的麵包，而且嘴也不饒過你，「有甚麼好不放心的嘛，鬼才不放心，我放一萬個心……」女孩子就是天賦的這樣碎嘴，從小就鍛鍊着，把男孩子一句話講得完的意思，變換做十句話。

常常，我都沒有辦法叫自己相信，跟隨阿年伯學空手道，居然能把耐心維持到兩個月之久，從沒有過的那種粘勁。那年暑假，回想起來似乎別的甚麼事都不曾做。

「當然，」我說，一面歪着嘴咂牙縫裏塞的酸菜渣。「又不要服兵役，當然你們沒有甚麼不放心的……」我曾想應該有人根據吸塵器的原理，發明一種代替牙刷和牙籤的東西。

關于服兵役，又是男人的生存一天比一天艱難的旁證。也許只是相形之下的問題；

女人的權利猛往上提升，但是女人的義務，仍然固守着幾千年的傳統而不變。譬如吃東西會賬，還是由男人承擔。當然這是很微不足道的小事，男人不會計較的。但是如果你會了賬，只落得她說：「吃喝是營養，做愛也是營養，」你要作何感想呢？好像男人成了一頭雄性的大乳牛。最常見的，一起畢業的一對，未婚妻已經在外國修完了碩士，又再修博士學位，而未婚夫還有一百個饅頭沒有吃呢。好像小侏儒跟在百米國手的背後追，撥動着短得很齷齪的臂和兩腿。看你追罷。

我忍不住破聲大笑了。笑得要命，看到小侏儒跑得很不如人的賴相。腸子笑痛了，就像那一次到天祥去旅行，看到一個名人在石壁上題讚橫貫公路為「如腸之廻」那樣的笑得在地上打滾。我想跟她說明一下笑的原因，邀她參加一起笑，而我抵住肚子，頭壓在她裸露的肩上，笑得近乎痙攣了，也想比劃比劃手勢，比劃那個小侏儒的未婚夫有多矮，幫助她大略的懂得一些我的意思，但是連這個也做不到，徒然塗了她一肩的眼淚，把她褻衣的帶子也弄濕了。我幾乎在求饒着，腸子實在痛得不能再笑下去，不能了，奄奄一息的這麼央告着……。

「小丈夫……小丈夫妳懂嗎？……」勉強的掙扎出這一點意思，她那莫名其妙的一副獃相，說明了你未必能使她意會到可憐的小侏儒，歪歪跩跩的跑得有多可笑。但我自比做小丈夫，那樣的挖苦過她。

就拿今年聯招會放的榜來說罷，只要是女生能夠讀的院系，差不多全被女生包了去。無怪康家驊大罵那些給考卷打分的學官們「一個個都是老色狼！」她還不服氣呢。康家驊是對的；因為，你既然落第了，不能不彎彎曲曲找點理由洩洩憤。

不多久之前的同學會上，康家驊以主席身分致詞說：「……天下大勢，眾向所歸，在可以預見的將來，男校友們一律都別想走進大學之門罷，等討女博士太太給你燒飯做菜養孩子，反正到那時候，女博士也找不到一個男博士來嫁，遍地都是我們這一號的加（家）州同學。可是危機呀，事關民命國脈呢……」真是聳人聽聞的危言，惹得女校友們席上一片嗞嗞之聲。你可以想像得到，大約那總是要死，該死……一類咒罵的尾音所形成的一種混聲。

「別想，正好相反，家事還是委屈你們包了罷。」你知道玉瑾多麼不識時務，怎麼不捱男校友們圍攻呢？「養孩子還是要偏勞妳們女博士罷。」

你不要認為玉瑾這個死丫頭，專心用功的時候，簡直是個沉默寡言的閨秀，她的高論多的很；從同學會上辯到咖啡廳，越發的語驚四座。「……不信的話，等着瞧就是，等到試管代替了子宮——你不能叫那一天不要來，等那一天來到了，分工合作，性愛跟傳宗接代根本就成了兩回事。看萬里江山，盡是女人天下，可以不服氣嗎？」

你說我們這些不爭氣的男校友，還有甚麼話可對。

忘形的這個鬼玉瑾，一發不可收拾的讜論下去。誰知道她是根據甚麼資料唬人呢，鬼才相信她說的那個教育專家的統計數字。甚麼從小學到大學，乃至研究所，在各個教育階段裏，平均成績女生高過男生的分數，從三．八七，到六．六四。結論是：男生生成的就不是讀書的料子，而男生一直都在臭美着。

真是令人嘩然的謬論。

然而大家被一些記憶觸動，不能不覺得理短起來。至少每個人都有一段小學時期男女同班的經驗，似乎女生確是佔着優勢。這就一時尋找不出甚麼比較理直氣壯的根據來反駁她。雖然你沒有辦法相信那些數字，憑甚麼她能記得那末詳細，又那末熟，衝口就能夠嘩嘩啦啦的背出來。

而唯一有理由可以打倒她的，該是持有姑媽所贈的這隻手錶的我，和沒有資格得到這份獎品的她自己。

「應該只限于考學校罷。」我也參加了這個令人不服的爭辯。

握住凝着氣珠的檸檬冰杯子，為她那些謬論，我激動得不能自已的發抖。在感覺上，彷彿握了一手心的冷汗。

「不要拿出個別的特例來講。人家是統計資料，有一定的合理的百分率，特例沒有意義。」

你說她有多專橫！

弄得男校友們拿她沒辦法，只好強作優勢的譏笑她：「真瞧不出啊，林玉瑾，當初誰知道有這麼一個女預言家在我們學校裏啊。」

但是這樣的譏笑一出口，大家就覺得這簡直是在譏笑男校友們自己，等于白白的給了玉瑾的把柄。

「當然，」她說：「很多人，都是小時了了，大未必佳，沒有甚麼可奇怪的。」

她能那樣舌戰羣英，我只找得出一個理由，她已是一個女人，不再是女孩。

「走，下樓去。」好像是暗地裏要洩洩那一次敗于她的狡辯的遺恨，我下命令說。

「沒工夫。我要洗澡。」

「回來再洗；給妳陪浴。」

「好稀罕！」她伸手到我的褲袋裏。知道她是要找火柴，偏坐定在她籐椅的扶手上，叫她艱難的去穿越褲腋裏那一道道勒得死緊的摺縐。

一個男人總是要討賤的去找着被女人糾纏的，不管你有意還是無意。男人的命運之一。待會兒少不得要被她糾纏着，再替我燉一壺水罷，爬高一些，把晾衣裳的尼龍繩子拉緊一些罷，而且她有經常把牀呀，書桌呀，沙發呀，換換家具位置的鬼癖好，多半是專等你自投羅網到她這兒來的時候，專等着你來替她重勞動一番，好叫你像一隻烏龜，背抵起席夢思牀墊，漫無止境的等着她掃那底下的灰塵，然後去抹牀脚，抹地，先是很濕的搌布，一盆一盆的污水撤進衞生間，聽她倒進抽水馬桶那種直瀉進萬丈深谷的動靜，再嘩嘩嘩嘩的把自來水開到最大限度，換過清水進來，然後再用乾燥的搌布，沉着的，熟練的，一處也不放過的重抹一遍。當然，她那樣出出進進的忙不完，而你只不過旁觀者似的站在一邊，顯得遊手好閒，抽菸，使壞的彈彈菸灰——你知道，菸灰在有水的磨石地上，哪怕只是一些些的潮氣也足以把菸灰濕掉，看不出一點痕跡。當然你也不能說她全無心肝，那末匆忙，耶穌頭一總攏上去，包着花布巾，格子花色的甚麼龍的料子，不忘媚你一聲：「抱歉抱歉，快好了。」最有恩情的賞賜。那末，你反而會約略的自責起來，並且全無心肝的欣賞一個雌性的動物，爬在你面前，扭動着身軀。但是對于一個所有的去處你都已去過的肢體，對你已經不再有一點神祕的存在，會是很好的享受麼？雖然仍可說是一種欣賞，譬如欣賞一部已經看了一百遍的電影。確實我看過。跟阿金伯學放電影的那個期間，你就會為所謂堂堂進入第三十天而倒盡胃口。那時你放完一本片子，便倒過一本片子，領票小姐電筒的電池也都充了電，而實在沒有甚麼可做的了，你不得不無聊的找一找，迎着銀幕，或者在炭精光的餘暉裏，看看邊座或最後一排的觀眾裏有沒有嘴對嘴之類的剪影。所以問題不在片子的好壞；姑媽雖然異常開明，仍不免揭短過她的兄長，指責父親在不曾喪偶之前的先後那幾個情婦，其中沒有一個比得上她阿嫂的姿容一半，甚或一小半。我明白，在母姐會上，沒有一個同學敢不要面皮的說他的母親比我的母親美，但我唯一可以原諒父親的，我同情父親只不過是需要着另一部片子而已。如果跪在面前這麼勤勞的玉瑾，隨意換過一個誰，在印象裏盡可能找出一個討厭無比的女孩，我敢說，即使牀墊重如一座石碑，即使她讓我馱着真的石碑等她勤勞一百年，別的我辦不到，最起碼我不會把菸灰彈到她剛抹過的磨石地上。

「你還不是亂彈菸灰！老嘀咕我……」我把下巴壓住她頭頂，用很大的重力，用來懲罰她的專橫。

「我亂彈菸灰，但是我抹地。」

「反正妳是要抹地的。」

她根本就不會抽菸，香菸紙被唧濕了。雖然夾着菸的姿勢作得很派頭，跟電影裏摩登女人學來的。

「走，下樓。」我催着。

「等一下。」我真要把她的半截菸打掉。

「妳真是飽漢不知餓漢饑。」

「你才是。你知道人家身上粘粘的，多不舒服。」

「反正水已經冷了。回來重燒，還不是一樣！」

但這話不該說的，一想到斷了線的插頭就倒胃口。
「電是不要錢的？討厭你擺這種頭家派頭。」
「會嗎？妳要討厭的還多着呢。」
我感到過，我們確有扮家家酒的那種硬裝出來的認真。
「那妳洗妳的澡，我吃我的消夜去，我們誰也不要管誰。」
「還說呢，『會嗎』？口氣愈來愈像啦——」
「妳才愈來愈太太呢。」
下巴加在她頭頂的壓力，已經重到不能再重，她就有那種忍術，不知有多悠閒。我們時常會這樣不關痛癢的冷戰着。雖然起因是由于這部片子看的次數多了一些，不過憑良心說，像她伸直到桌子上的一雙修長的腿，不由得使你憐惜的想到，她這個人你可以不要，但是一口的美齒和這一雙腿，一定要留下來。
「怎麼樣嘛，」平空的她問起來：「甚麼了不起的妙不可言嘛？」
而我已經失去方才的那個興頭。
我懂得了那些開始互相厭倦起來的夫妻。以前，父親和母親他們倆就是這樣，時常父親興沖沖從外面回來，急于要敘說點甚麼事情時，總是被母親的不理睬，而弄得陰雲慢慢的佈到臉上來。當然，也時常的是反過來，父親的嗯嗯啊啊，一樣的把母親的口封住。再不然就是各說各的，兩座廣播電臺，都在發音，可是互不收聽。如果一對夫妻不能同時共一個趣味，便只好拼命互相掃興。

我說：「既然妙不可言，就只好不可言了。」

要說甚麼夫妻啦，結婚啦，對我們不但遙遠，簡直不可能。真的，從一開始，我們就沒有相愛過——那是說，超越親情和從小在一起長大的感情的那種相愛。

我們一點也不隱諱這些。但也不能說我一點懷疑也沒有。

一直持續着表親和同伴的情感，從不曾越軌的愛得死去活來，也從沒有惡化過。而另一方面，幾乎是很清醒的保持着情慾的事。兩條永不相交的平行線，我想就是這樣的。但她偏說我不愛思想。好像只有接受大學教育的人，才有資格思想。當然我懂得很，大學教育並不在傳授知識，而是所謂在點燃起熱愛思想和如何思想的火焰。但我不相信只會放放錄音帶的那般教授，懂不懂得應該縱火和如何縱火。

「妳不要去撿一萬個人說賸下的話，拿來堵我；甚麼酸葡萄不酸葡萄的！」我把她鬼的甚麼系刊一把撕掉。「原來你們院長，你們系主任，只不過教你們思想甚麼而已。教過你們如何思想了嗎？」

當然我沒有資格去懂得如何思想。擺在鼻尖上的困惑，我得用加十倍的力氣去解惑，而且仍不一定解決得了，只因我不懂得如何思想。一個女孩，不愛那個人，而可以和那個人很隨便。而和那個人很隨便，却仍可以不愛那個人。

「不可言是不是？好有價錢！」她說。腿很不高興的從桌子上拿下來。美麗的光腿上粘着一張演算甚麼的作業紙。「有你不可言，也有人不要聽。」

他把菸頭順手按進蚊煙香的盒蓋子裏，三下兩下的擰死。你要是發現她要走開，不理你了，頂好你就順勢從扶手上滑進椅子裏，別跟着她追過去。不然的話你就活該等于助長了她的氣燄。

光着脚板，你只聽見她叭啦叭啦的那末決絕而爽快的奔這一頭，奔那一頭，你會以為她在那兒打羽毛球。她走過去把門鎖插上，走過來把我的皮鞋踢到一邊，再走到那邊把電壺提起來又放下，再啪的一聲打開吊燈……你只覺她那一把耶穌頭，甩來甩去的甩着脾氣。那一身格子花色的衣裳，料子很差，臀的四周，搓出漩渦狀的皺紋，皺得像一粒放大的話梅，連帶着把後腰縮上去，把她襯出一副好叫人不安的老態。

那末，輪到老子舒服一下了，雙脚擱到桌面上。你知道，原子筆插在三角尺的三角形空圈裏，搖着打轉，並沒有甚麼意思；但是你可以用這樣子的悠閒和無所謂，撩一撩她。

「昨天，碰見毛頭了。」我撒謊說。瞟着她，等她的反應。

以原子筆做軸心，當你把三角尺攪動着，轉得快到不能再快了，前有吊燈反光，後有迷你檯燈較弱的光度透過來，居然有起很好的樂趣。隨意你幼稚的把它當作甚麼，打蛋呢？放映室裏倒片子呢？還是美國西部片子裏，牧場的三角鐘呢？你愛意會到甚麼，你手的攪動就會跟着很自然的調整成那種動作，或者你還可以打出竹槓舞的節奏。

玉瑾迷過毛頭一陣。在我看來，說不上甚麼起始，甚麼結局，離開中學以後，毛頭便下落不明。僑生可以加分，但是聯考榜上似乎沒有看到他的名字。一個很黑，很軟弱的傢伙，即使剪的是平頭，仍帶着僑居地的那種油頭粉面。他才一萬個也沒想到，他已成了我和玉瑾之間的一種武器。只要我心裏不很舒服她，或者她心裏不舒服我，兩個人中間任何一方心裏有了暗鬼，我就順手拾起毛頭來挖苦她，她就拿毛頭來惹我吃醋，從來從來我都沒有在乎過毛頭，即使在學校的時候。所以並非因為我比毛頭實惠，也不是因為毛頭後來的不知所終。

的確不是由于嘴硬而不承認內心的反應；真的，從來她對誰好，即使很露骨的賣弄風情，我都沒有辦法產生一絲絲的妒意。

也許攪動着三角板，慢慢的發出一種類似菲律賓竹槓舞的節奏，叫我想起毛頭。已有好久，兩個人都忘掉再使用這件武器了。有一段時期搞甚麼鬼的同樂會，她跟毛頭學跳那種舞，簡直跳得要發瘋。而我除掉一旁看着，老是躭心着一下沒有配合上，踝骨準會被狠狠的夾碎，並且不單是僅僅躭心她一個人的踝骨。但是此外，我一點別的感覺也沒有，我跟毛頭縱然不是很好的朋友，但也不壞。

然而我必須裝作很在乎她跟毛頭好過；尤其是自從那樣的事情發生以來，開始了互相折磨和苦惱，我要叫她一直誤以為毛頭是她可以拿來對付我的一把利劍；我要裝出強作不在乎，而實際又讓她看出來我是在吃毛頭的醋。這樣，真正被利用毛頭這把利劍所刺傷的，還是她。我知道她對毛頭還不曾死心。

由于好久不曾提起毛頭——你可知道，一個人在另一個人的世界裏，就會這樣慢性的死掉——看樣子她是很相信我真的遇見了他。從她那右邊的嘴角無來由的搐了搐可以看得出來。

但她衝過來，把三角尺狠狠的拿掉，丟到桌子上，接着又奪走我手中的原子筆。有時，她會如此幼稚，像個老要你的我的分得很清的小器孩子。要是認為我這樣的耍她的文具，會把她的文具弄壞了，真是天知道，其實她自己摔得那末用力，不但三角尺可能受傷，說不定一失手，砸壞了那個單薄的迷你燈也很可能。

「又不妨礙妳甚麼，這麼兇！」

而她一轉身，很着意的以背示你。這樣的當口，你當然知道她要你做甚麼。

「我沒那末長的手臂。」我故意裝做非常非常吃力的搆着而搆不到。

雖然在一般女孩子裏，玉瑾算是很高的身材，而且你又是窩在籐椅裏，坐得很低，但是如果盡力一些，用不着籃下勾射的那樣拉長了身體，也還是搆得到她背後的拉鍊的。

然後她坐到你身上，不客氣，也不作聲，看你還有理由沒有。

「你可也肯低就了。」

「誰？」

不要誰不誰的。好像我若不來，她是從不脫衣裳的。分明另有所求才這樣。我把手停在拉鍊口上，要把價錢談好了再說。

「換衣裳出去？」

「不要這麼酸，明知故問。」

「妳也不要狡猾。」

你明知白種人的癟嘴沒有滋味，就像白種人的飲食那末乏味一樣；然而這樣的時候，總還是情不自禁的要那末印上一印。

白種人的嘴唇動了動，要說甚麼。也許還不太好意思就這麼現實的打聽起毛頭來。她這樣的派差事給你，叫你替她扯開拉鍊，並且任你如何如何，自然等于一種眷寵，一種賞賜。「你別死殺時間，非把水耗冷掉才甘心。」她說。

這就令人悲哀：這就是那種逼着你要去看另一部電影的原因。當「虔誠的時間」一過，不管是怎麼不夠分量的所謂印一印，而洗澡水冷掉了這一類的事務便衝口而出，還有甚麼滋味可言？雖然銀幕上的表演每每使人動心，但你可曾想到，當初水銀燈底下被指使着一次又一次的重覆盖印兩片乾唇，那兩個人一心只想着甚麼呢？這一回該ＯＫ了罷，腦袋被烤得冒油。而她被你印着的期間，她不過是在焦慮着，洗澡水冷掉了。

「好了，妳走開，妳去香湯沐浴去罷。」我真正的說，我才犯不着用空空的肚子陪着這麼乾耗呢。

當然她自己可以解決，沒有一個女人不會反過手去替自己扣扣子，解扣子，何況最簡單不過的拉鍊。

但我等着，「能讓妳脫掉才有鬼！」

脫那種套頭的衣裳，會使你覺得她是在那裏歡呼萬歲。如果那個女人是你頭一次所看的一部影片，也許你根本就無暇產生這種不夠莊重的丑感。

我還不敢斷言就是這樣；雖然我已經一點也不為自己這麼年輕就老于世故而感到羞恥，究竟我還不曾看過任何另一部影片，哪怕是認真一些的去想想也還不曾有過。

那我既然說出口了，便不能不守信用。乘她的衣裳倒脫上去，裹住腦袋，潛過去，搶着，近乎強暴的把拉鍊拉回頭，再扣上後領口那顆風紀扣。「好了罷，竹槓舞跳不成，跳跳妳的肚皮舞。」而且你把她扳轉了幾轉，連方向也迷掉，她就必須老老實實站在原地不動，跟自己在那兒臭罵着掙扎，並用連連的頓足，幫助她的氣恨。

回到沙發這邊，點一枝菸，採取一種最安適的姿態，你可以慢慢的欣賞。臉脹得紅紅的掙扎出來。人是要這樣隨時找些樂趣的。我說她是個被虐待狂。我們都很正常，不必經過精神病科醫生的精神分析，敢這麼斷定。她是如同喜歡話梅一樣的，喜歡某一些你所對待她的暴虐，甚至侮辱。你只好說那是一種天性，也許太多的女性都是那樣。那末她會賴到你懷裏，不依你，纏你，種種本能的風情——那是說，獎勉你繼續施虐，並且充分的在準備恨你可能的中斷。

好，我放棄肚皮，「枵腹從公，陪妳。」但這不過是優先的問題；如果消夜和沐浴各不相讓，兩部頭抵着頭的巴士，只好擱下來，都不要走。

人在後面小得容不下兩個人的衞生間裏兌洗澡水，人聲和水聲一同交響着。「別說得那末可憐。再燒一點水，給你先冲杯牛奶。」

她知道我早就吃傷了那種東西。

「我不是白種人。」我叫着，要壓住那水聲才行。

「你要再提他……」

她根本就沒聽對我說甚麼。

「我早就斷奶了。」我叫的聲音更高了。

「還以為你甚麼妙不可言呢，鬼扯！」

她從衞生間出來，提着電壺，手在壺肚子外面比劃了一下。「只𢜳這一點，馬上就開。」好一派賢妻良母的溫柔。真的是一陣子人，一陣子鬼。

好罷，讓你馬上就開。

從牀上滾下來，我接過電壺。「給我來插上，你趕快洗罷，水已經不夠熱了。」有她作賢妻良母狀，就不興我也作狀嗎。

雖然容不下兩個人的衞生間，還是容下了。「我洗我的寒帶澡，妳洗妳的溫帶澡。」只有一坪大的衞生間，連那面寒酸的壁鏡，我們是四個人。磁面盆小得像隻耳朵，洗澡也扮起家家酒來。水流量不夠大，所以當你𣦏等着耳殼裏的水好不容易接滿了，沒能抄濕半邊身子，又得像失業一樣的𣦏等下去。不可避免的，失業的人常會不安分起來。而我又開始撒謊：「妳知道毛頭跟我談的重點是甚麼事？」

「鬼才信你！替我抓抓背。」

鬼才不信我呢；實在說，某一方面，她很單純，你很容易騙倒她。

「再上面一點，」她指揮着。「稍稍左邊一點，對了。指甲剛剪的是不是？」

「我們到墳墓去坐了。」我抓着她不夠豐滿的背說。

那是一家咖啡廳，設在地下室裏。有一度我們跑得很順腿，就像你開汽車一定要靠右走一樣。直到有個傻瓜，為一個叫任何人看來都很醜八怪的歌女而自殺在那裏，才像汽車碰見紅燈，我們沒有再去。

「你怎麼捨得！」看罷，她相信了。但是憑甚麼把我看得那末小氣？我請不起毛頭麼？真可惡。

「反正又不一定是我會賬——跟僑生在一起。」

「鬼扯！人家說你怎麼捨得剪指甲！」

「妳不要逃避。妳知道嗎，從開始到分手，毛頭完全談的是妳。」

「奇怪，我有甚麼好給他談的！」

這一回，她該真的相信了罷。耳殼裏的水滿了，漂着一隻倒霉的蚊子。為甚麼我會頭暈了起來？由于水的折射，使得盆底看起來比實際淺了許多，這樣就會令人頭暈麼？也許我有了甚麼暗疾。冷水濺到她身上，把她弄得尖叫起來，反而吓我一跳。

「還說冷水不犯溫水呢，討厭！」壁鏡裏，好擁擠的四個身體。

「拜託，別把架子上的東西淵濕了。」她說。回過身把肥皂盒遞過來。好像送過來一個拜託用的紅包。

架子上有甚麼寶貝！壓根兒談不上化粧品，如果不是那個綠紙盒的「好帶舒」，你根本不會認為這是單身女子專用的衞生間。

過。

好啦，綠紙盒上的洋文給了我靈感，不幾天前，康家驊講的笑話，也許她從沒有聽

「妳猜毛頭連甚麼都講了？」我繞到她側面，以便隨時觀察她的反應。

「那個人哪，隱瞞得好緊。跟毛頭較量，我一直還認為我是戰勝國的佔領軍呢。」

她的側臉看不出有甚麼可疑的反應。

可能我這話，一下跳得太遠。或者彎子繞得太大。當然，主要的是，她跟毛頭不可能有過甚麼。我又忽然這樣的相信起來。

「妳難道會忘掉？我才不信。頭一次他約妳上旅館，妳是怎麼拒絕他的？」

剛提到旅館，她就色變，好兇惡的一張臉轉過來。「少胡說！」帶水的毛巾打在我身上。

「既然沒有那回事，何必冒火！除非是心虛。」

但是她薄薄的唇角上，緊接着露出輕蔑，好似已經識破了你的詭計。

「如果真的是胡說，那也是毛頭胡說。不過聽起來，還是很可信的——照他講得那末細膩的話……」

在塗得匀匀一層肥皂的胸脯上，我畫着圈圈，想起毛頭身上那末滑稽的紋身，真是無聊透了，以乳頭作軸心，刺出輪舵盤的花樣。

「當然，女孩子都很喜歡去惹那種肉體派的男人；三角肌要發達得像兩朵蓮花苞，要滿胸都是狗毛，最好有刺花，是不是？海盜型的……」

漸漸的，我發現我只是自說自話，而她顧自洗她的，很認真，很專心的洗着，周身抓出條條綹綹的白色條紋。並且，左半個身子和右半個身子上的條紋，幾乎很對稱，經過刻意的塗畫似的。

「妳沒瞧毛頭，還是那副笨相，嘴唇還是老樣子的厚，一面跟我講，一面拼命囑咐我，誰都不要去講，我心裏直笑；要想叫我別跟人去亂講，那你先別跟我講啊。誰個不知道，我是絕對守口如瓶的人，出名的；只不過缺少一個瓶塞子，對不對？」

「你少油嘴罷。」她朝我繼續不斷畫的圈圈瞥了一眼。「鬼才信你！」

但我看出她有些關心。至少她是有興致聽下去。也說不定她跟毛頭有過甚麼，誰能保險一定看得出來嗎？就如同誰又看得出來我跟她會怎樣怎樣了呢。

「我問妳，有過沒有，你們倆泡咖啡時，毛頭用火柴擺了一個字。」

「那有甚麼新鮮！」好！居然誤打正着的詐出一點端倪來。

「還記得是個甚麼字？」

「鬼扯！泡咖啡館不稀罕，誰記得甚麼火柴。」

「要不要我提醒一下？」看得出來，她不很保險自己沒有遺漏過甚麼記憶。

她一隻脚跐在澡池邊上，搓洗她肥瘦長短那末適度的腿。她的上身很短，你沒有任何彆扭的標準，可以用來批評她的身材不美。對于腰低到腿上的女人，管她一張臉生得多美，我都不喜歡。當然，我有自知之明，我自己就是我所不喜歡的那種腰生得很低的體形。我不放心的貼近壁鏡去看看，壁鏡不大，有一角水銀受了潮，好像塗了一角黑墨。但是貼近一些，從鏡子裏盡量的朝下看，可以看得到膝蓋，所以還是能看出自己體形的一個梗概。不過男人裏面，百不抽一有上身生得短的。這是無所謂的事情。

搓着腿的她那雙手，上下動作的幅度很大，很快，一如她抹地、抹牀腿那樣的急忙。但她的動作中途慢下來，顯然在努力的去找尋記憶，以至使她分心。

我說，「一個字，用火柴排出來的。記起了罷？」

她不作聲。

「裝甚麼？應該是妳的傑作，怎麼能忘記？」

當你笑吟吟的望着一個人努力為你出的謎而在苦苦猜想，你會得到一種捉弄人的快感和一種滿足。你會發現你多有智慧，而且是一個躍躍欲試，老要忍不住給人指引迷津的先知。

耶穌頭包在塑膠雨巾裏——那雨巾又是格子花色，葡萄紫，由一粗一細相間的條紋編織的方格，並不很規則。她揚起臉，水是潑辣的澆着，血紅的塑膠盆，一盆又一盆的瀑布從下巴底下飛濺而下。或者你錯覺着她是一尊裸體的彫像，一座裝設着彫像的噴水池。她是那樣的一個從寫實裏變形出來的女人，被某種弧面鏡把人形拉得奇長。

你不能順理成章的想像得出，她是去下班的途中，還是下課回來，有一天，想起要買一隻塑膠盆，有一頂帽子大，不是面盆，買來冲澡用。或者不止一天，每到洗澡時便想起這個需要。而每經過那條巷口，只要彎進去走上幾十步，蛇店的隔壁就是賣這種小盆子的商店。但走過那裏總是忘掉了；洗澡時再又想起來。或者只不過是到那家商店去買衞生紙，發現這種小盆子很可愛，可以冲澡，就買了它。後者可能比較合理，然而你總似乎想像不出她是那末一個很家務的女人。她仍然是小女孩式的把指甲剪得很齊，甚至于剪到肉裏。

妳不要枉圖用瀑布也好，噴泉池也好，將妳剛找回來的，而才發現必須掩藏的記憶，這樣子冲擊掉，洗刷掉。說不出道理的，我竟然認真起來，彷彿被自己謊造的情況所摧眠了。我說：「該記起來了罷，毛頭用火柴擺出五個大寫字母，HOTEL。不假罷？」

「他怎麼這樣亂講！」

好的，只要相信是毛頭亂講就行。

「毛頭說，很可惜——的確，我也替他惋惜。當然，那是第一次；至于是否也是僅有的一次，毛頭沒講，我也不便釘着問他。總而言之，妳是願意去的，只是因為紅衞兵的關係——」

「黑白講！」

「毛頭還說，妳的智商可以達到一四〇，簡直超過拿破崙。」

我知道，這是她最樂意聽到的恭維。一般愛打扮的女人卻只喜歡人家恭維她漂亮；即使你恭維她服裝時髦，也一樣的高興。

「照我看來，何止拿破崙，就是智商最高的歌德，也不過如此……」

一語未了，我就知道不太妙；這樣的馬屁，未免太過分。

果然不錯，一定她認為這是挖苦她，便故作不曾聽到。一個人，實在應該適可而止。這樣的吹離了譜，只怕連先前一度使她可能信以為真的，假託毛頭把她比做拿破崙的那番恭維也不算了。

我留意着她的神情。如果不太過分，不惹她太疑心，而能適當的稱讚她的聰明的話，不用說，她那張蒙不住喜怒哀樂的臉皮，是怎樣也裝不出這麼冷若冰霜的樣子的。

「後來，毛頭說，雖然遺憾，但是對妳絕頂聰明，簡直傾心透了。」我捽住她的手腕，再來一次空手道。「妳還裝作不知道？一臉的假！妳還不招認妳是怎麼回絕他的？妳動了兩根火柴是不是？把 L 改成 X，是不是？裝得真像啊！」

她順着方向，擰過身去，背朝着我。別瞧不起她，她簡直有本領破你的功夫呢。兩個人的臉，便都朝着了鏡子。

「真丟人！」她撇起溜薄溜薄的嘴唇，透出幾分兇相，算是把你甚麼都看穿了。「哪裏撿來的人家牙慧，編出這一套鬼話來！你去找一個小孩騙騙罷。」

「怎麼算我的賬？妳的舊情人，心上人！要編也是他編出來的。」

「那你也有欠高明呀，受了他騙，你那個鬼智商也夠低的了。」

「妳別轉移目標罷。」

實際上，要轉移目標的倒是我。

從鏡子裏，我看到她瞥了一眼架子上那包綠盒子的 HOTEX，算是完全被她識破。

當然，一個笑話，無所謂的。然而對着這麼一面壁鏡，兩個人互瞅着鏡子裏的對方，不知是由于缺欠那種幽默，我感到尷尬起來；還是我的空手道下錯了手。我應該把她的手臂往上帚過來才對。因為你寧可讓她臉頂着臉的瞅緊了你，哪怕靠得更貼近一些，使得兩眼眼睛的視力形成不了交點，反而模模糊糊誰也看不清楚；那就不至于像這樣，兩個人都嵌在鏡子裏，你被她狠狠的瞅着，還要被你自己狠狠的瞅着。你瞅着她，還要瞅着你自己。這等于你要向四隻眼睛對抗，並且你自己的眼睛瞅着你自己，顯得更加無情，更加憎惡你自己。

我把她的塑膠雨巾扯掉，以便轉移目標。

「妳知道罷，」我借題喘息一下。「妳這樣子一臉兇相，簡直像印第安的男人，我討厭看到。」

「那個人受騙啦，還有甚麼好神氣！」

居然她還相信是毛頭造的謊，我以為她全部否定了呢。

「當然受騙了；受你們兩個鬼的騙。我還以為我是那個人的第一個男人呢，傻蛋一個，一直我都——」

眼前一個閃動，唰的一掌飛上來，脖子被她搧到。

這一掌，來勢本來很兇，顯然的並不在直取我的頸子（沒有人存心要打人家的頸子的）；大約朝着鏡子裏的目標施展動作，總是把距離弄錯，遠和近恰恰相反過來，着力也便失去重心。方才還為了那樣的下手揪她，覺得下錯了手，這才發現如果那樣，面對面捱她狠狠的摑上這一下，別想還能這麼輕淡。

頭一回捱她摑的那一掌，也是很重，只是還不至于重到在你的面頰上留下五個手指印。沒有道理的，不過總是可惡的電影教育出來的罷了。好像女人被人強吻了，若不回敬一記耳光，便吃了虧，表示不出貞潔。真是豈有此理。

這一記耳光雖未中，但她那副怒容，會使你認真而驚懼起來，不容你想到你佔到了便宜。

有時胡鬧，也會這樣的板起臉來。但你和一個人混久了，你就懂得介于真的和假裝的中間，只有一些微妙的分別。

壁鏡裏，我看到自己下不了臺的難堪。我好恨自己也生了一張無用的面皮，掩飾不住內心的情緒，而把弱點暴露給人。

除非你能死皮賴臉下來，要就是準備冷戰，誰也不要理誰，否則只有僵持下去，翻了臉，毫無理性的爭吵，這不是沒有過。

「中到要害了罷？」我猙獰着。

「你少開這種玩笑。我不是留給人開玩笑的，你要弄清楚。」

我不管，任她翻了臉的拼命掙扎，暫且我還不要鬆手。我說：

「妳倒輕鬆，這也是開玩笑的事！」

「你想認真是不是？」

「總不能只准妳惱，別人沒有資格惱。」

「要認真，那很好辦，你走，反正從現在起，不要再受騙還來得及。」

似乎可以就此要賴一下，我說：

「我走？憑甚麼？我付過一個月的房租，妳別忘了。加在一起，我沒住過十夜。」

我不要說成十天，別便宜了她。「妳也不要動不動就翻臉，發小姐的脾氣。不是住在妳家裏，仗阿姑的勢欺負人。妳也不是小姐了——」

「是誰欺負誰！是誰欺負誰！……」

真的，沒留意到她開始要哭，而她哭了，跺着雙脚，手臂揉搓在臉上，哭得像個小女孩。

你怎麼辦？你要知道，你用空手道一類的強權去降伏女人，而女人用的是眼淚。若是論起兩者效力如何，你不得不承認，屋簷滴水打得穿石頭，石頭奈何不了屋簷上的滴水。你只有哄；但你也要有自知之明才是，你能儲存有多少甜言蜜語？你有足夠的耐心嗎，對于一個已經不再有神祕可供你探險的女人？

主要的，恐怕還在男人本性的木訥；比起女人來，你的語言能力簡直低能透頂。當然，你也並非毫無可以自豪之處。最起碼的，男人是個力行者，所謂坐而言，不如起而行，每個男人都會懂得他有這種長處的。

等到你能夠老着臉出口：不能再哭啦，眼淚要把隱形眼鏡冲走啦，情勢自然已經大大的好轉。你可以拉那一根線，把牀頭上那盞又柔和，又有羅曼蒂克情調的小燈拉亮。有時需要連連的拉上兩下，第一下是亮得刺眼的大燈泡，那很要不得。所以不管那末柔和調子的燈光是否夠亮，你依然可以說，來，看看隱形眼鏡還在不在。

雖然這樣的時候，不免又疑心起來，聞見一種似有若無的魚鱗腥，甚至無視于她的美齒和美腿。曾經聽說過，娶了有狐臭的女人，在一起生活久一些便聞不出那種氣味，如同每個人都聞不出自己的腦油臭。但是只要忽然又聞見狐臭氣味，兩夫婦便一定要吵架，哪怕一點理由也沒有。我想，這個道理似乎是相近的。

然後，她撒嬌，那是除了給你實用的意義，並不能引生美感的一種折磨。

「甚麼鬼的貞操，鬼的專情，你知道，我從來都沒有辦法懂得，那會有甚麼意義……」她揞着鼻子說。

你不能不認為玉瑾是個凡事都要找出理由來的女人，她又在替她自己找理由了。她該讀法律才對。

「當然我相信，妳說過，我也說過，我們兩個就是結了婚，也沒有辦法相愛。把香菸遞給我罷。」我看，她的理由一定又要延長到天亮了。「還有火柴。」我說：「那妳為甚麼忽然就變臉了——既然不在乎的話。」

「我是不在乎嘛！」

「那妳——」一人點上一根香菸。她的潔癖又發作了，下牀去把那個蚊香盒蓋取了來。

我等着她過來，等着她這樣那樣的好半天才安頓下來。

「那妳為甚麼又在乎起來？我是妳第一百個男人，又有甚麼不得了？」

「不是一回事。」她說：「我在乎的是事實，不是觀念。你可以隨便罵我甚麼，壞女人也行，大淫婦都行，隨便甚麼，我才不在乎。你也可以隨便開我這一類的玩笑。但是你絕對不可以誣衊事實，你知道嗎？」

「算了，算了，我只有這一顆簡單的高中頭腦，妳別把我攪混了罷。」我向夾在兩人中間代用的菸缸裏彈了彈菸灰。

「這有甚麼複雜呢，換言之，我是瞧不起鬼的甚麼貞操觀念，瞧不起——」她稍稍思索一下說。「我是瞧不起甚麼從一而終的鬼觀念的。但是對你這個鬼，我有貞操事實，而且到現在為止，事實上也是從一而終的；雖然我們還沒到『而終』的時候，我也不要他媽的從一而終，你更是的。是不是？是不是？」

這樣的撒起潑來，她能把鼻子送到你眼睛上來。你能嗅到經過一場獸性的死吻之後，留下的不好的氣味，當然，再加上菸草臭。

我一點也不曾存心去製造甚麼，來破壞美感，而故意苦惱自己。從來我都沒有辦法嚐出所謂甜蜜的吻；起初的階段，你除了戰慄，出于緊張的麻痺，甚麼感覺也得不到。慢慢的，你視為平常，那就更糟，連那種戰慄也失去了，而你只感到一種泥濘的乏味，比喝蒸餾水還要難堪。如果你透視過胃或者心臟，你一定覺得天下最難吃的東西，莫過于那一勺一勺逼着你吞去的鋇粉。就是那樣難堪的無味。

也許這正就是沒有愛情的明證，好像一要反目便嗅見太太的狐臭一樣。

我想我的，不管她在那兒大言不慚的發甚麼高論，甚至逼到你鼻尖上來質問。我說：「事實上，只有兩種可能，非此即彼。妳總不能叫我永遠相信妳這張嘴。」

「說甚麼？」她坐起來問。

那個時候，她是可以拒絕的，只要她堅決一些，而且沒有甚麼不可以堅決的拒絕我。

「你說甚麼？」她搥着我肩問。

「妳就只會說，我不要生小孩，我不要生小孩……」

「真是神經病！」好像很洩氣，她倒下來。

「那樣也算拒絕嗎？」

「我都沒有後悔，你後悔啦？」

「妳不是可以拒絕嗎？」我看着牀的那一頭，脚趾朝上擺得那末整齊的四隻脚。

「妳那是理由？充分的理由？好像說，如果不會受孕，妳就可以毫不拒絕。」

我聽到她鼻子裏嗤出一聲，連帶的黃楊木色的肚子挺了挺。

「第一次。」

「第一次甚麼？」我側過臉去問。

她也是一樣的，兩臂抱在枕頭上枕着。香菸從後面冒出藍藍的煙絲。「當心燒了青絲，」我提醒着。這她就能忍受了。她的潔癖使她忍受不了牀底下的蜘蛛網，和一些莫名其妙怎麼產生的纖維性的灰塵，但卻無視于牀單上常年不斷的餅乾屑，或者菸灰，一些邋邋遢遢的書和換洗的衣物，這和我的愛惡整個相反。

「甚麼第一次？」我再問。我想起姑媽可憎的開明。「當然，第二次，妳連那個脆弱的理由也用不着了。」

「第一次！」她狠狠的，一個字一個字的咬出來。「第一次我發現你有了邏輯！」

反正她就這麼侮辱你。只有不理她這個。

「別忙，邏輯還有的是。所以我說，只有兩種可能。不過就撒謊來說，只有一個可能。」我把菸頭捺進蚊香盒蓋子裏。「妳沒有堅決的拒絕，只有兩種可能，不用我說。」

「我替你說。」

「不必，我不要再聽謊言，如果屬于第一個可能，我懷疑是不是像妳後來所說的；也許，妳根本用不着阿姑給妳收拾——」

「好嘛，你還粘在那上面。可憐的男性！」

「我也是一點都不在乎的，妳別以為只有妳才有不在乎的專利。也可以說，不是觀念問題。即使我在乎也沒有權利非做妳第一個男人不可；做丈夫的也未必有這個權利。所以我只想追究事實真像，我才不要被妳用謊言來打扮我，美容我，使我傻得覺着自己不知有多體面。」

冷了一會兒，眼睛的餘光裏，看到她一面按死香菸蒂，一面頻頻的點頭；一種不懷好意的點頭。

「還有呢，第二個可能？」她把臂又彎到後面去枕着。

這樣，會使你覺得簡直是有問必答的接受訊問，很使你感到處于劣勢。

脚是併排靠在一起的，我去撥她脚。只是觸觸而已，它却很不合作的讓開，好像我若不接受她的訊問，捱都不讓我捱了。沒的話，我的脚跟着過去，看它最後能躲到哪兒。無賴，是很容易辦得到的。想起小時候玩惱了，不肯罷休，就是這樣擠擠捱捱的找着磨牙，爭一張小凳子坐，爭一棵樹去抱。

人為甚麼不能永遠停留在那末簡單的童年裏呢？不管怎麼樣，只要你大她一些——其實只要你是個男孩子，你就比她優勢得多，至少至少，也可以平等相處。但是長大了，性別被強調了，不幸你倆又發生了愛呀情慾呀等等的糾葛，作為一個男人，連想和一個小你十歲、二十歲的女人平等對待也不可能了；有時她簡直成了你的媽媽那樣無理的管你。在成了對子的男女當中，年齡根本沒有作用，一點也不能幫助你受到尊重。好像你已成了俘虜，即使你是個將軍，也要被拿着槍的小兵押着走。

遠遠的望着四隻脚，雖然經過小小的磨擦，不似先前那樣站隊一般的整齊，但並不影響你覺得好像伏在地上，遙望着水平線那邊行着四輪帆船。莫名其妙的我發現有些不解，並且幼穉的好奇起來；為甚麼你跟她併排在一起，或者跟她臉對臉的時候，總都是你的右脚和她的左脚相接觸，或者她的右脚和你的左脚相接觸。問題是你的方向變了，你的脚仍然和她那隻脚在一邊。

「怎麼說，第二個可能？」她問。我感到她側過臉來。

說它幹嗎！真無聊透了。「還有二十個可能！」我沒有好聲氣的噌她。加上肚子一直在鬧飢荒，更影響耐心。

「惱啦？」她冷冷的問。但她肯于這樣的問你，至少她是沒有惱。

「我認為，妳根本就摸不清妳自己的情感。」我才沒有那末幼穉，動不動就惱。

我繼續說：「或者妳心裏明白，但是為了某些個理由，妳瞞着我，也瞞着妳自己；再不然，就是——」

「繞甚麼彎子！」她搶過話頭去。「甚麼情感不情感的，見你的鬼！我替你說明白：我根本摸不清我自己一直都在愛你，是不是？或者，我在內心裏知道是愛你的，但是瞞着你，甚至于瞞着我自己。是不是？就是這樣的一回事，乾脆罷？啊？」簡直像開槍一樣的，不准你張口。

「誰跟妳搶百米啦！」

「總比窮繞彎子的好。」

「我才沒那末好自作多情。」我說：「我沒有那末幼稚，肉麻，愛呀愛呀的……」

這話應該她說。她老是認為愛不愛的，既幼稚，又很落後，簡直可以說是不很體面。似乎誰要把這個掛在口上，誰就算脆弱的不得不認輸了。這像話嗎？聽着都不像話的。

「反正，你就是這個意思，就是這個！」

「妳瞧妳！妳——」

「又我瞧我！」她扭過去，欠欠身子，從檯燈那裏抽來一本甚麼，翻了翻又放下。

「哼，原來這就是第二個可能！真可笑。」

你可知道，人在「哼」那樣一聲的時候，肚皮一挺能挺多高。

「滑稽透頂！」她又加上分量說。

「妳別以為這樣，就可以堵住我嘴。」

對于她虛張聲勢的機關槍，或者不講理的所謂可笑，滑稽，你只有酸酸的，瘟瘟的，不動聲色的對付她。

「一個處女，愛一個男人如果沒有愛到某種地步，肯輕易的把自己給人？」

「原來，天哪，你滿腦子的——」

「妳不要又搬出甚麼觀念，甚麼事實的，替妳自己狡辯！」

「要命，」她努力的使自己笑得很嘲弄。我懂得她慣會用這一套來激怒你，把你打亂，並且給她自己的窘急緩衝一下。「你呀，滿腦子裝的都是看小說看來的臭觀念……」

這種舊話又提起來；阿婆們的故事夠她念念不忘的一輩子。像孟姜女那樣，身體被素不相識的萬喜良看到，便等于失身，非萬喜良不嫁，那當然是椿很滑稽的事。但是頂起碼的，一個女孩如果不愛那個人，又非出于不可抗拒的被動，豈可輕易的失身？這和孟姜女總是兩回事罷？我用這樣的理由駁過她。而且不止一次。

有時，你不得不在心裏偷偷的，心有不甘的承認，大學教育也許真有些用罷？她的再反駁，一次比一次精彩得多。而我，在接受着另外一種教育，不夠完善，進度也很慢。嚴肅的一面，都是十分痛苦；另一面則又過分的詼諧，連你自己都覺得不夠正經。當作笑話聽來和再傳授出去的性的知識之類，自然是她這麼一位學院派人士所不齒的，何況那些所謂的觀念。

阿婆們的那些故事，本已遠去了，遠到已經臨屆于忘去的程度。然而等到長大了，懂得兒女之事了，孟姜女這類的故事却又盤旋回來。而你又並不知道它捲土重來的意義，是和你的現實發生了聯想，還是要你重新給它一個評價。至少，它不再是童話了。

她曾辯駁說：「老式婚姻的花燭之夜，該怎麼說？」

我記不很清楚，算她是讀大一的時候罷。

「舊式婚姻對于女人，根本就是一種不可抗拒的暴力。」那時我該正在家裏，借着有氣無力的溫習功課，準備東山再起之名，而進行猛看小說之實。

大二的時候，她有了新的高論：「普天之下，有幾對夫妻是真正真正相愛的？我是說，真正的愛得非君莫嫁，非卿莫娶嗎？換一個的話，條件好一些的不用說，條件差而不致太難堪，一樣的結婚，生兒子，或者還被看做婚姻很美滿的一對呢，只要不吵嘴打架鬧婚變……」

那時該是我第二次聯考失敗之後，自殺的念頭過去了，並且為了逃避父親老是借酒裝瘋的罵人，等于續讀高中四年級一樣的進了補習學校。

顯然我是沒有甚麼長進，我的理由也是不很長進，「婚姻制度的本身，就是一種不合理，雖然構成不了不可抗拒的暴力，但是，那是生活裏的一個陷阱，愛情只不過是懸在陷阱上的餌。」

如今，她已大三，而我，也可以解嘲為大三罷——大學考了三年的大三。而我，已經打零工一樣的先後幹了四種行業。且看她又是一番甚麼妙論罷。「我不相信，一個女人能把性和愛分開，除非是娼妓。」我挑戰的說。

「是啊，男人就能理所當然的把性和愛分開。」破例的，她撫摸着自己的髮梢，不知有多自憐的一下下撫摸着，絲毫不帶一星火爆。

我能說甚麼？我能說「向來都是這樣的」嗎？

「當然，傳統並不是真理；」我說。「不過，傳統會給人一種慣性。不是大智大勇，扭不過這種慣性。」

說着，似有所悟的；所謂「向來如此」，就是因為向來沒有「如彼」的條件。而今，上一代的姑媽都已懂得教給自己的女兒「如彼」，而我還沉迷于男人的特權，真是說不過去。不是嗎？具備了「如彼」的條件，還需要甚麼大智大勇呢？

「特權，可以把人養成一個弱者。」她說：「特權階級只為了苟延既得的利益而活着，沒有其他意義。男人所以退化了，就是這個緣故。……」

她說着，我想着，我簡直是用功的想着。

「男人還有甚麼可贏過女人的呢？讓你說——」

我真想應聲回她一句壞話，男人當然有贏過女人的地方，而且多得多。然而有一種哀切，雲的陰影一樣，鬱鬱的隱在你心裏，這種滋味彷彿內臟的某一處略有不適，隱隱作痛着，一種不至于使你皺眉的不舒服。你已沒有說一句壞話的閒情。

「動不動就完蛋，」像個婦人似的，她數落起來。「完蛋，完蛋，好像沒有甚麼還能比完蛋更神氣的。當然，也可能只是自我解嘲，心裏才不是那末得意呢。其實，照我看來，除了表現男人那種虛榮的英雄氣概，又臭又硬的劣根性，我不知道你還有甚麼別的意義。」

「妳怎麼可以這樣糟蹋人！」但是我並不火，因為我知道她是言不由衷。

「替天行道。」她說。

你不知道她說這話時有多討厭；她用屁股一下下的欠動，使得彈簧牀墊整個被顛搖着，好像存心藉着這個，更加強她諷刺的，玩世的調子。

我才不在乎；我之一次一次的失業，沒有一次不是主動的，她也不是沒有喝彩過，現在反而作為口實來諷刺人，真是出爾反爾得不擇手段。在醬油廠做臨時工，由于指責不該那樣傾進大量防腐劑，而跟管理員大罵起來，然後自動捲行李走路，難道不是一個漢子應該有的硬骨頭！還有，在那家中日合作的藥廠打工時，因為看不慣日方股東想盡辦法併吞中國的小股東，以及仗着戒嚴法禁止罷工，拼命的壓低工資，剝削中國工人勞力，而發瘋一般的大罵了一場，拂袖而去。這都不夠壯烈嗎？所有這些輝煌的完蛋戰果，沒有一次不是得到她的聲援和喝彩，這跟所謂虛榮的英雄氣概，怎麼能相提並論呢？不該有的氣節嗎？甚至還請客過我一次好過癮的生啤酒，以示慶賀——你可知道，用那種馬靴一般的大杯豪飲，夠多使人慷慨悲歌！如今却莫名其妙的挪用起這些來嘲弄人，數落人，真是豈有此理！她還不知道今天這一次的完蛋更有多妙呢。不正是替天行道麼？光榮的退却——該說是凱旋罷，那一對自作自受的以色列夫婦，從明天起，就會連連的發現他們被打敗得多慘。沒有見過那種刻薄而拿人不當人的小人。那樣大快人心的妙事說出來，如果她不再請一頓生啤酒，我腦袋可以不要。

「人，不要搬石頭打自己的脚；」我說。「妳想否定妳自己？」

「人要不能不斷的否定自我，還能長進嗎？」

「罷了，我知道我自己；再怎麼長進，也不過是高四，高五，一直高下去。活到一百歲，也只是高中——」心裏，我略略的計算了一下。「高中八十幾年級而已。」

她又笑動了一下肚皮。不知為甚麼，忽然我恨不得有隻蚊蟲正落在那個抖抖的肚皮上，吸去一肚子紅晶晶的血。

「當然妳有資格笑，妳活得很得意。我承認，不管男人退化了也罷，敗落了也罷，總是做定了女人附庸。女人可以一往無前的戴一頂方帽子，再換一頂方帽子，一頂高一頂的戴下去。不像從前了；不愁眼鏡的度數增加多深，老處女的歲數增加多高，有隱形眼鏡，有高中生一路陪着共枕，不愁芳華虛度，青春——」

「老調老調，一千打的老調，我不要聽。」她把耳朵堵住，一面搖着頭。

「甚麼老調？弱點！又碰着妳瘡疤了還不是！」

妳若拒絕看甚麼，那很容易。拒絕聽甚麼，別想罷，除非妳睡死了。「可惜毛頭不是高中生了，不然的話，多一個面首；兩個總比一個強是罷？」妳耳朵堵得再緊，頭搖得再快，不相信妳能聽不見。

想了想，我又不禁冷笑。「以前，我還自以為是個勝利者。真的，不想到毛頭的話，還沒有這分得意。現在，哼，好啊，一想到毛頭……」

「你是真的，還是假的——碰見毛頭？」

「妳好現實！」真瞧不慣她那樣，馬上又是一副面孔，聲調也跟着柔和了下來。

「不知誰才現實呢。跟你說，我倒後悔，跟毛頭那末好，可惜沒有機會罷了。」

她看着自己手背，指頭挺直了，翹像泰國舞的指法。但她沒有跳那種舞的長指甲。齊齊的，鈍鈍的，不給你性感覺的小女孩的手。她俯着臉，而我要看的是她的臉，判斷她有幾分真意。

「可惜一直沒有那種可能。」她故意的那末平靜，來惹你生氣。你會感到她好嫻靜。

「妳別以為說這種話，可以氣氣我，或者把我騙過去。」

「兩者都是。」

「告訴過妳，沒有用。」

「那又幹嗎老是毛頭毛頭的！」

「好叫那個人滿足一點甚麼。」

「鬼念頭，」她說。仍然故作嫻靜，握着髮梢放在嘴角上，一下下的抿着。「可憐的弱者，看不得女人怎樣怎樣，隨時準備給女人定七出之罪。可是，自己可以公然的玩妓女，討小老婆。男人，哼，一面要天下的女人供我片刻之歡，一面一定要娶個處女做妻室。要不是弱者，就不會制定這些特權，可惜的是，這種愚民政策，被一副小小的樂普給革了命，弄得原形畢露。知道嗎？就這麼一點點長的塑膠線，拉直了，也只這麼長。」她用大拇指和食指，那末仔細的比劃着，好像要盡量的表示精確，表示她不是毫無根據的在那兒亂講。真能把你氣死。

「其實，」我是平心靜氣的說：「妳又沒有吃過男人的苦頭，阿姑也沒有，我不大明白，妳怎麼會這樣的仇視男人。」

「沒有，絕對沒有。我只是很憐惜，幾千年來，男人獨攬大權，把情形弄得很糟。但是你們男人可以放心，有一天，大權落到女人手裏，憑着本然的母性，一切可以合理解決，男人會得到很好的保護照顧——」

「算了，算了，甚麼母性！妳們女人本然的就是無理性。」

「那是因為一直的處于在野地位，沒有辦法的，不免有些胡鬧。這都無足輕重。問題是在女人當權以後，出于愛心，會替你們解除許多困難；譬如說，首先，撫養兒女的麻煩事情，都由特設的國營機構去負擔了。家事很簡單，只要做個賢夫，良父是不必了，這就去掉一多半的麻煩。賸下的，都是你們很拿手的工作；從名廚師、名裁縫師，都是男人們這一點上，可以證明你們本然是精于家事的，想來，一定做得比我們女人要精道得多。這些事，有個高中程度也就綽綽有餘了——其實國中畢業也夠了；這樣，對于本然就不是讀書料子的男人，也可以說是一種仁政，一種解脫。至于——怎麼？是你幹的好事？……」

突然她坐起來，專注的俯視過去。她的身體折疊着，彷彿在牀上做的健身運動的一種姿勢。我隨着她望過去，望向茶几那個方向。

「你是怎麼搞的嘛，電線呢？怎麼只賸個光屁股插頭？」

在她沒說明之前，我還真不知道她注視着甚麼東西。她那樣的近視，戴着隱形眼鏡，也仍然常常看錯了物體，並且常常錯得很戲劇性。

「別大驚小怪，待會兒一修理就好了。」我把她扳回來，重新躺下。

「你好討厭！」那種嘛着嘴的撒嬌相，又完全是在野的女人味道了。「每一次你來，都要弄壞一樣東西，又不說，走過以後人家才發現，你最邋遢！」

「就是這個弄不壞，還有這個……」我亂動着手說。

兩個人打鬧起來，一時有些天翻地覆，有童年時滾在新收成的稻草垛裏打着玩的趣味；彈簧牀墊的軟，軟的用不上力氣，軟的常常使你的動作身不由己的誤差了目的，使你覺得你是個玩空中飛人的小丑，落在安全網上的那樣滑稽。

從沒頭沒腦裹着人的牀單裏掙扎出來，休戰休戰的互相求饒着，人是直喘。出了汗的身體上，都沾上了打翻的蚊香盒蓋裏的菸灰。枕頭很公平的牀這邊掉了一個，牀那邊掉下去一個。

「我要警告妳，」我還在喘着——但是她喘得還要厲害些，連話也說不出。「就是這樣在野的女人，男人才愛。」

她揉着肚子喘，你可以認為那是一種嬌喘。雖然又兇惡起來，抓住塑膠海棉的枕頭，一下又一下不饒人的打着你。

「確實是餓了。」我說。「妳不要發狠；一發狠就更像個印地安的男人。」

「我……我剝你的頭皮。」

所有她瞪着人的凹而奇長的眼睛，薄嘴唇裏齜出來的一口白牙齒，她的黑黑的直髮……所有這些，無不助長于使她更像一個印地安的男人——必須是那種年輕的印地安男人。

「休戰了，」我彎起胳膊，抵擋着打到臉上來仍然令人一陣陣發黑的枕頭。「真是一場消耗戰，要趕緊補給才行。」

「餓鬼！」一臉的亂髮，她也不用手攏一攏。
「真的，妳耳朵貼到這裏聽聽，腸子直叫。」
「要陰天了。」她又在罵人。
你可知道，氣壓一低，狗就不思飲食，腸子唧唧的叫着不停。「不過，」我找着香菸。「攝護腺在叫，跟陰天沒有關係。真的，下樓去。穿上衣服。」我想起姑媽當作獎品的錶。蚊香盒蓋完全壓散了，平面了，成為一個粗粗胖胖的「十」字，屬于醫院符號的「十」字。並且大體上是綠色的。
「現在幾點鐘？」我問。我的錶到現在還沒有對時。
「二十世紀，七十年代……」她喘吁着回答。

一九六九年十月十三日臺北市

附錄

評介

朱西甯的現代主義轉折

陳芳明

朱西甯是一位難以歸檔並難以詮釋的作家。所謂不易歸檔，指的是他文學生涯與思維模式的曲折矛盾。他的產量豐富，創作壽命又特別長，任何簡單的定義都難以概括他的文學真貌。輕易把他歸為懷鄉作家或現代主義作家，都會發生偏頗。他既堅持中國民族主義的立場，卻又與「漢奸文人」胡蘭成過從甚密，他既虔誠信奉基督教，同時又強調中國文化的本位。各種價值觀念錯綜交織在一起，構成了他繁複而難解的文學想像，也造就了他迷人而又惱人的奇異文體。

在他的藝術追求過程，一個重要的議題便是對現代主義的回應與接受。張大春在兩篇紀念的文字中，提到朱西甯的「新小說」時期。在第一篇文章〈朱先生的性情・風範與終極目標〉，張大春指出，「一九六七年前後，從〈哭的過程〉朱先生開始了他的『新小說時期』」。[1]不過，在第二篇文章〈被忘卻的記憶者〉，張大春說：「我曾在一篇論文〈那個現在幾點鐘〉裏指出：從民國五十七年（一九六八）起，朱西甯的寫作進入了一個不同往昔的階段，借用現成的術語來形容，可謂朱先生的『新小說時期』」。[2]這兩種說法都是可以成立的，因為朱西甯對於語言的運用特別敏感，幾乎常常處在求變的狀態之中。倘然「新小說時期」可以用來概括朱西甯在六〇年代後半期的創作風格，則在此之前他的風格又是如何？

在龐沛的六〇年代現代主義運動裏，朱西甯與同時代的現代主義者似乎並不走在同樣的道路上。白先勇、陳映真、歐陽子由於是接受學院外文系的訓練，可以比同時期的知識青年更容易觸碰現代主義的思潮。坊間的歷史解釋認為外文系所傳播的現代主義顯然與當時的美援文化有著密不可分的關係。不過，在到達「新小說時期」之前的朱西甯，已經在語言與技巧方面帶有濃厚的現代主義色彩。他並未有台灣的學院訓練，更未有外

1 張大春〈朱先生的性情・風範與終極目標〉，〈聯合報・聯合副刊〉，一九九八年三月二十三日，第四一版。根據張推測，朱西甯可能是因為他妻子劉慕沙翻譯日本現代作品，而間接受到法國新小說的洗禮。

2 張大春〈被忘卻的記憶者——朱西甯的小說語言與知識企圖〉，〈中國時報・開卷週報〉，一九九八年三月二十六日，第四三版。文中特別強調，所謂新小說時期有兩種意義：一是形容朱先生作品反情節、去故事、創語言的技巧，有類於法國新小說的技術特質，一是指朱先生自覺求變之異於舊作。

文系的經驗，竟然能夠與現代主義運動銜接在一起，確實是台灣文學史上的一個異數。

精確一點來說，朱西甯的現代主義轉折，絕對不能套用美援文化論的歷史解釋。畢竟現代主義運動的展開，是透過各種不同的管道滲入五〇——六〇年代的台灣文壇。在美援文化還未臻於成熟境界之前，紀弦的「現代派」就已經在介紹法國的象徵主義。同樣的，林亨泰的早期詩論也是以法國象徵主義為理論基礎。這些事實，足以說明台灣現代主義的傳播並不必然與「美帝國主義」緊密聯繫起來。朱西甯的現代主義，不能以如此簡單的歷史想像來推論。較為正確的說法是，朱西甯小說是以他獨創的實驗技巧，匯入了台灣現代主義的潮流之中。因為有他的介入，現代主義運動的格局更形壯闊。從這個角度來檢討朱西甯文學，他的歷史意義才能影響出來。

現代性與現代主義的思維

謝材俊在一篇懷念的文字中提到，朱西甯的現代主義應該不是從張大春所說的「新小說時期」才開始的，而可以再稍稍往前追溯。[3] 也就是說朱西甯的現代主義美學應該是發軔於六〇年代中葉的「鐵漿時期」。所謂鐵漿時期，指的是他出版的三冊短篇小說集《鐵漿》、《狼》與《破曉時分》。[4] 這些小說都是傳統敘事性很強的作品，如何能與現代主義拉上關係？何況，坊間論者往往把這段時期的朱西甯文學定位為「懷鄉小說」。[5]

對於如此一位複雜的小說家，要討論有關他的現代主義問題自然也特別複雜。在前述的謝材俊文字中，有過這樣的見解：「老師（朱西甯）一輩子傾慕張愛玲、談張愛玲，但劉大任講得對，老師的小說尤其是『鐵漿時期』，卻是魯迅的。」這種說法頗具見地。如果要探索朱西甯的現代主義根源，就不能不從魯迅與張愛玲文學中的現代性去聯想。魯迅從現代化的觀點，看到中國社會的幽暗面，因此有「國民性改造」之說。張愛玲則是從現代主義的觀點，挖掘中國人的人性黑暗，從而創造了《傳奇》的一系列短篇小說。

朱西甯對於自己的文學淵源，已經有過公開的承認：「……魯迅在小說的象徵手法方面也給予我莫大的影響，其他在形象的掌握，人物的塑造和詞藻運用方面給予我重大的影響的也許是張愛玲。」[6] 他甚至在一篇自述與張愛玲的文學關係時也說，「張愛玲

3 謝材俊〈返鄉之路〉，《聯合文學》一九卷五期（二〇〇三年三月），頁一六。
4 朱西甯這三部小說的初版日期，分別為《鐵漿》（台北：文星，一九六三）；《狼》（高雄：大葉，一九六三）；《破曉時分》（台北：皇冠，一九六七）。
5 持這種見解者，可以參閱楊政源〈家，太遠了——朱西甯懷鄉小說研究〉（台南：國立成功大學中國文學研究所碩士論文，一九九七年六月）。
6 蘇玄玄（曹又方），〈朱西甯——一個精誠的文學開墾者〉，原載《幼獅文藝》三一卷三期（一九六九年九月）；後收入張默、管管主編《從真摯出發：現代作家訪問記》（台中：普天，一九七五），頁七二。

給了我小說的啟蒙」。[7]早期的自我文學教育，誠然對朱西甯後來的審美道路有了明確指引。從這個觀點來看，他從魯迅與張愛玲的小說吸收到現代主義思維，並不令人訝異。

確切地說，朱西甯所走的道路，似乎是企圖在魯迅與張愛玲之間取得一個平衡點。一九七七年鄉土文學論戰發生時，有太多論者把現代主義與鄉土文學視為對立相悖的兩種美學。對於如此的爭議，朱西甯有他自己的看法：「所謂現代主義文藝與鄉土文學文藝，一是太過貪圖外求，一又失之於緊縮創作世界，而過分保守。或許可以喻為一是太平天國，一是義和團，俱有缺憾。」[8]張愛玲式的思維若是過於極端化，似乎就是像太平天國那樣，企圖藉用西方文化來改造中國社會。而魯迅式的思維如果受到無限膨脹，就有可能像義和團那樣，淪為盲目的排外而閉關自守。他的比喻也許值得商榷，卻也相當生動。

因此，朱西甯在「鐵漿時期」創作的短篇小說，與其說是在於懷舊，倒不如說是以批判的態度來看待舊社會。他批判精神的基礎，顯然是魯迅的現代性思考。受過日本現代化教育的魯迅，早已指出中國民族性的停滯、倒退與封閉。阿Q人格的愚昧無知與盲目自大，造成中國文化在近代文明競賽中的挫敗。魯迅期待中國民族性能夠進行一次徹底改造。然而，他的小說又是那樣悲觀而憤懣。他看到一個精神分裂式的國度，自卑與自負，榮耀與污辱，抵抗與屈服，解放與桎梏等等雙重價值的矛盾與衝突。當他描繪一個盲昧的人物，其實就是在影射整個民族。當他在抨擊迷信的風俗，毋寧就是在批判整個傳統。這種對古老社會的挖掘，完全不是出自懷舊，而是希望喚醒封建陰影下的百姓。

同樣的，朱西甯從魯迅那裏學習到如何去透視舊社會的墮落與腐敗。對於舊社會的批判，朱西甯也許沒有魯迅那樣冷酷而絕情，但是，「鐵漿時期」的小說誠然掩飾不了他內心的悲憤與沉痛。他的剖析能力，並不稍遜於魯迅筆法。具體言之，這種對中國封建文化的深挖，牽涉到現代主義的技藝。因為，魯迅要批判的對象並不止於已逝去的社會，也還觸及同時代統治階級中封建文化的餘孽。魯迅小說之所以充滿象徵性格，既在影射傳統社會，也在影射權力當局。也就是說，魯迅的現代主義書寫，其實就是在探索壓抑在內心底層的歷史無意識（historical unconsciousness）與政治無意識（political unconsciousness）。當他揭露舊社會的落後與醜惡時，其實就是暴露他所處社會的政治

---

7 朱西甯〈一朝風月二十八年——記啟蒙我和提升我的張愛玲先生〉，《朱西甯隨筆》（台北：水芙蓉，一九七五），頁八。

8 朱西甯〈中國的禮樂香火——論中國政治文學〉，《日月長新花長生》（台北：皇冠，一九七八），頁一四六。此文後來改題為〈我們的政治文學在那裏？〉，收入故鄉出版社編輯部編《民族文學的再出發》（台北：故鄉，一九七九），頁二八五—三一六。

黑暗面。

如果朱西甯受到魯迅象徵手法的影響，則他的「懷鄉小說」就不能只是從文化鄉愁的層面來理解，而應該進一步看他在「懷鄉小說」中所展示的批判力道。在接受蘇玄玄的訪問時，朱西甯做了如此的回答：「在基本的態度上，鄉土小說也可以說是對舊時代的一種批評和破壞，所以處理的態度上並不是出諸懷古、鄉愁的情緒。」[9] 顯然，在批判舊社會封建文化之餘，朱西甯當也有他的言外之意吧。他小說中所暗藏的微言大義，無非也就是被壓抑的「歷史無意識」與「政治無意識」所透露出來的聲音。長期以來，朱西甯對於加諸於他身上的各種標籤，如「軍中作家」、「反共作家」、「懷鄉作家」等等，頗表不滿。因為，這些稱呼簡化了他小說創作的用心所在。如果說他是軍中作家，他的小說並不能單純概括坊間所謂的「戰鬥文藝」。如果說他是反共作家，他的美學思維也並不全然配合當時的官方文藝政策。如果說他是懷鄉作家，他的創作技巧卻又帶有強烈的現代主義傾向。定義他是如此複雜而困難，原因就在於他所處的五〇、六〇年代也是同樣複雜而困難。

朱西甯在一九九一年對於自己的艱難處境，曾有極為沉痛的自白，指出當初來台的前面三十年，亦即從一九四九到一九七九年，創作自由的空間極為狹隘，「半是被管制，半是良知克制」。[10] 在這篇文字裏，他承認曾經受到妒忌、壞心的「愛國者」之誣告，以致構成作家的捆鎖與殘害。軍中作家與反共作家的帽子，彷彿是在暗示他們的立場與官方文藝政策是一致的。然而，在自由度甚低的軍中，作家所承受的政策管制與良知克制，絕不亞於戒嚴時期的民間作家。在雙重的制約下，有多少欲望、記憶、情感、想像都被壓抑到內心世界的底層。因此，就像魯迅小說的企圖那樣，既在透視歷史的黑暗面，也在揭露政治的黑暗面。朱西甯的思考方式，也具有魯迅式的雙重視角。他所說的「良知克制」，無非就是指自我克制。表面上，他不能露骨而直接挑戰官方政策；骨子裏卻有千言萬語不停騷動。現代主義的接受與追求，恰如其分地為他提供了一條思考的出路。

現代性的到來，是伴隨西方帝國主義的侵略而發生的。所謂現代化或現代文明，並不是從中國社會內部孕育出來。因此，它所帶來的科學技術與進步觀念，立即與東方的迷信風俗與閉關自守的傳統價值產生激烈的衝突。從小就在基督教家庭成長的朱西甯，可能較諸同世代的讀書人還更具理解「現代」之為何物。

對於第三世界的知識分子而言，現代性一方面帶來了解放，一方面也帶來了枷鎖。

---

9 蘇玄玄〈朱西甯〉，頁七七。

10 朱西甯〈被告辯白〉，《中央日報・中央副刊》，一九九一年四月十二日，第一六版。

就解放的意義而言，現代化使他們認識了封建社會的愚昧與迷惘，從而亟思如何掙脫腐朽的文化牢籠。然而，弔詭的是，現代化也使他們輕易崇拜科技文明，並且更輕易喪失自我認同與文化主體，終而淪落成為西方文化的禁臠。攜著流亡心情來到台灣的朱西甯，非常可以理解自己的命運與中國近代史的挫折有著密切的聯繫。在現代化的進程上，由於文化的凝滯不前，終而造成了國破人亡的命運。這種濃厚的歷史意識，逐漸形成他文學思考中的焦慮。因此，在他早期的小說中，大量描繪中國農村社會的困頓與掙扎。就像司馬中原所說的：「他筆下的人物，代表著民族傳統的兩面：一是躍動向前的，一面是停滯僵化的；這兩者觀念的衝突，成為民族悲劇的主要導線。」[11] 顯然，朱西甯確實看到了中國社會在現代與傳統之間的拉扯關係。他樂於見證信仰裏的中國是持續往前邁進的，但他更樂於目睹中國在前進的道路上不致喪失文化自信。但是這種理想的圖像從來就沒有浮現過，否則，他不至於嚐盡流亡漂泊的滋味。從現代的觀點，他開始挖掘被壓抑的歷史記憶，以及被壓抑的政治欲望。這雙重的挖掘，都未嘗偏離現代主義的技巧。

「鐵漿時期」作品的再閱讀

如果以現代主義風格來概括鐵漿時期的作品特質是可以接受的，則他在這段時期所使用的語言、技巧、題材都是相當引人矚目。自鄉土文學論戰以來，現代主義通常都被拿來對照寫實主義，彷彿這兩種美學是敵對的，無可融合的。這種對立的製造並不符合台灣文學發展史的實相。至少朱西甯的小說，就足以拆解這種對立的虛構性。他的技巧是現代主義，但是他的題材卻相當寫實。尤其他大量使用中國北方的口語，使小說充滿了一種難以形容的迷人韻味。

對臺灣在地讀者而言，閱讀他的作品是一種困難，也是一種自我挑戰。然而，除去對話之中所使用的鄉間俚語，朱西甯的散文是一種絕美的白話文。在〈小翠與大黑牛〉（一九六〇）的故事裏，他運用如此活潑的文字來形容貪睡的年輕新郎：「成親沒滿月的新郎怎麼能叫他不懶？又是這樣迷人的時令，杏花剛落敗，桃花嬌死了人，春風吹軟年輕人的身子，吹紅了年輕人的臉。樹要這樣綠，草要這樣青，年輕人忍不住要做點什麼。」[12]這種俏皮的描述，寫活了體內的欲望。又是花，又是樹，又是草，都是充滿生機的象徵，卻沒有一個字準確觸及到淫欲邪念。朱西甯的東拉西扯，非常寫實，卻又非常現代主義。

11 司馬中原〈試論朱西甯〉，朱西甯《狼》（台北：三三，一九八九），頁二五九。
12 朱西甯〈小翠與大黑牛〉，《狼》，頁三一。

朱西甯的這篇小說很少受到討論，但是將之置放於六〇年代的短篇小說藝術造詣中，絕對是傑出的。整個故事集中敘述新婚的表弟，仍然對來家裏幫忙婚事的表姊有著愛欲交織的幻想，心思全不在新娘身上。朱西甯反覆採取「歡愉的遲延」（delay of pleasure）的手法，使表弟與表姊之間的情愫似有若無地懸宕著。但是，表姊執意要讓新郎與新娘成其好事，而堅拒表弟的求歡。故事的結局是，在暴雨的夜晚，表弟陰錯陽差地與新娘終於成就了歡愛。兩人在激情中不禁喊出愛人的名字，新郎低呼著「小翠」，新娘則暗喚「大黑牛」。然而，故事如此寫著：「小翠是那位表姊的小名兒，新郎可並不叫作大黑牛。」[13] 原來新娘內心深處，也有她自己的夢中情人。小說的命名〈小翠與大黑牛〉，是一種惡意的誤導；故事的愛情，則是一種錯誤的安排。整篇故事讀來，既是喜劇，也是悲劇。遠在王禎和營造「悲憫的笑紋」的藝術時，朱西甯就已經開闢了這樣的想像與可能。不過，敘述的節奏，想像的跳躍，朱西甯來得明快多了。

同樣是寫實題材的小說〈生活線下〉（一九五八），也是以惡作劇的形式演出。三輪車伕丁長發，在途中拾到一筆不大不小的鈔票一千一百五十塊錢。究竟是要暗自私吞，還是物歸原主，故事遂在天人交戰中展開。他的本性純樸善良，內心卻也充滿七情六欲。朱西甯以自問自答的獨白體，洩漏丁長發潛意識裏的高貴與醜惡。良知拉住了三輪車伕，但是金錢與女色則又在誘惑他。對於這種小人物，朱西甯以著出人意表的結局來處理。丁長發的良知終於戰勝了私欲，但醜惡的現實卻徹底扭曲了他的人格。當報紙刊出他拾金不昧的消息時，朋友卻藉用他的身分證，在同版新聞下欄刊登大幅「醫我陽痿」的鳴謝廣告。社會的險惡，較諸個人內心的邪惡還要巨大。

朱西甯小說中的人物，大多是以「反英雄」的角色出現。這些尋常百姓絕對製造不出轟轟烈烈的事件，但有時會使小奸小壞，猶如張愛玲筆下的男女。但是，朱西甯寫不出張愛玲那種冷酷絕情，只是手勢同樣是蒼涼的。張愛玲擅長帶引讀者「一級一級走入沒有光的所在」，朱西甯總會有意無意之間在小說的不知什麼地方投射一絲人性的曙光。他酷嗜學習張愛玲去挖掘人性的黑暗。然而，作為基督徒，他多少還是存有救贖的希望。張愛玲的小說，到處可以發現沉淪、墮落。人性的廢墟，人格的荒地，是她文學信仰的歸宿。朱西甯在這點上絕對是學不來的，縱然他對張愛玲的崇敬已到無以復加的地步。[14]無論如何，終究還是相信人性保有昇華的空間。同樣都是屬於現代主義者，張愛玲的世界裏確實是看不到任何微光。這是因為她從來不想與社會主流價值結合在一起。這條主流放在中國近代史來考察，全然就是父權文化與民族主義的同義詞。張愛玲

---

13 同前註，頁四二。

14 朱西甯對張愛玲的「英雄崇拜」，具體地表現在寫給張愛玲的書信。參閱朱西甯〈遲覆已夠無理——致張愛玲先生〉，《日月長新花長生》，頁一一——二四。

寧可與這樣的主流保持疏離的關係，她甚至是甘於自我邊緣化。

相形之下，朱西甯後來就不曾偏離歷史的主流，而努力向中國近代史的軸線靠攏。這種靠攏，並不是對權力的憧憬，而是他仍然抱持改造社會的理想。歷史洪流把他沖刷到這個島上時，漂泊的命運使他產生救贖的焦慮。身處歷史轉型時期，他並不袖手旁觀，而是投身介入。他的小說書寫，便是投入的最佳姿態；而他的技巧策略，便是重新挖掘歷史記憶。因此，在他早期小說中，充滿了沉重的民族情感，並不令人感到意外。受張愛玲影響的朱西甯，在這個議題上就與張愛玲有了區隔。民族主義與基督教義，使他相信人性中還有存有光明的一面。這樣說，似乎是屬於非常老掉牙的寫實主義美學。不過，這並不影響他對現代主義的追求。

在他早期的短篇故事中，〈鐵漿〉與〈狼〉已是公認的經典之作。前者關切的是現代化的問題，後者則是探索欲望的問題。〈鐵漿〉是朱西甯作品裏唯一發表在《現代文學》的小說，是他與學院派現代主義運動僅有的一次銜接。[15]但是，這篇小說引起的討論卻極為廣泛。雖然小說描述的是孟、沈二家爭包鹽槽的恩怨情仇，實際上是在象徵中國農村社會傳統文化力量的頑強。傳統家族的尊嚴與地位，乃是依賴利益、金錢來支撐。面對龐大收入的鹽槽權，孟家為了完全壟斷利益，不惜以性命換取。整個故事以鐵路鋪設為時代背景，以火車的到來隱喻現代化的無可抗拒。新的時代隨著火車轟然穿越小鎮時，以著血氣來維護經濟利益的手法已是非常落伍了。縱然孟家終於從鹽的買賣攫取龐大金錢，但對於現代化趨勢的無可抵擋竟渾然不覺。

小說的張力表現在孟、沈兩家以自殘方式展示爭奪鹽權的意志與勇氣。兩個家族的刀光血影似乎贏得了尊敬與面子，反而暴露傳統保守精神的愚勇與愚傲。故事最為驚心動魄的場面，莫過於孟家喝下燒絲的鐵漿，終獲鹽槽。就在喝下的剎那，人們似乎聽到最後一聲尖叫。「可那是火車的汽笛在長鳴，響亮的，長長的一聲」。[16]這種熟練的手法，頗得畫龍點睛之妙。響亮的那聲音，既喻現代的到來，又喻傳統的倒下。歷史的起承轉合，現代的抑揚頓挫，以一聲長笛就交代得乾脆俐落。

朱西甯當然還有更為深長的意義企圖表達出來。任何想要壟斷權力的人，在時代考驗下是不可能取得合法性的。閉門自稱老大的時代畢竟一去不復返，即使掙得了面子與位子，都將在歷史巨輪下碾壓得支離破碎。火車在小說中不只是現代化力量的象徵，也是外國勢力入侵的象徵。朱西甯小說技藝的迷人處，就在於他能夠從鄉土生活中找到現

15 朱西甯曾經提起〈鐵漿〉遭到《寶島文藝》的退稿，因為該刊編輯懷疑那是「抄襲」之作。他認為，《現代文學》敢於發表之作，是「頗有識力和決斷」。見朱西甯〈絕無僅有的一點小緣〉，《現文因緣》，現文出版社編輯部編（台北：現文，一九九一），頁一一一—一一四。

16 朱西甯〈鐵漿〉，《鐵漿》，頁二四一。

代性的詮釋。生動的語言，緊湊的節奏，使人物的演出特別靈活。在這篇小說中，朱西甯並不流露對舊社會的眷戀，然而也並不對傳統文化表現出絲毫鄙夷。他只在傳達一個信息，中國社會已經是需要變革的時候，這種精神的呈現，絕對是魯迅式的，但比起魯迅還要來得強悍有力。

短篇小說〈狼〉的出現，更能印證朱西甯想像力的豐富。這是一篇有關人性與獸性相互頡頏的故事，也是對於封建文化中落後的嫡系血統論的有力批判。藉由一位喪失雙親的小孩經驗，透視了一個成人世界的欲望及其自私殘忍。寄養在二叔家的「我」，由於是庶出，時時受到嬸嬸的歧視虐待。二嬸希望懷有自己的孩子，遂不惜與家中長工私通。整篇小說以捕狼的過程，隱喻著二嬸的私情如何被發現。這是朱西甯最為擅長的手法，往往以雙軌故事的平行發展，相互投射複雜的信息與意義。狼是潛伏在羊圈裏，情欲則是隱藏在女人的體內。「我」這位小孩，目睹受雇的大轂轆如何宰殺被吊起來的狼。但是，在小孩的潛意識卻幻化成另一景象：「……望著大轂轆把母狼吊到麥場邊兒的馬樁上，望著他進去找刀子。我不該那樣想，有一天那上面吊的是二嬸，進去找刀子的是我二叔。」[17] 受盡二嬸虐待的「我」，在狼身上也投射了無可言喻的報復情結。

故事突兀的地方是，就在尾聲處二嬸的姦情被大轂轆發覺。護衛著小孩「我」的這位僱工，以守住祕密作為交易籌碼，要求二嬸從此疼愛寄養的孤兒：「只要妳疼惜這孩子，大轂轆不把這事情張揚給二人。要是妳存心養漢子，慢說我這個外四路的，就是歐二爺（二叔）也管不周全。妳放心！」[18]這種交易不見得有多高明，但是在恰當的地方讓溫暖的人性釋放出來，正是朱西甯小說的高明處。二孀終於不能不俯首認錯，擁住孩子失聲大哭。獸性褪盡，人性復現。被宰殺的狼讓大轂轆拖走了，災難也跟著遠離家中。

肉欲與占有欲的氾濫，在小說中隱而未見。然而，從狼入羊群的情節中，可以讓讀者強烈感覺到一股欲望在字裏行間流竄。二孀的私通，無非是為了懷有自己的孩子。這種養育子嗣的焦慮，乃是宗法社會與父權文化造成的。朱西甯的企圖，絲毫沒有批判父權文化的意味。不過，他已經表達了一個信息，嫡系血統並不必然就是具有合法的基礎。尤其是透過私通方式來取得合法的血統論，更是暴露了傳統文化的荒謬與虛偽。血統無非是用來奪取繼承權的一個依據，因此嫡系觀念的建構過程中，滲透了太多腐敗、黑暗的思想。獸性之所以能滲透人性，猶如狼之潛入羊群之中。合法的價值摻雜太多非法的手段，這是朱西甯現代理性觀念的又一次發揮。

朱西甯的現代主義轉折，夾帶著許多人性的思考。同樣是探索情欲的問題，若是由

17 朱西甯〈狼〉，《狼》，頁二三〇。
18 同前註，頁二五五。

張愛玲來處理，絕對不可能寫出人性的昇華。在情欲的牽引之下，人只有不斷墜入黑暗的深淵。朱西甯相信人性的救贖，仍然堅持人是可以改造的。不過，他並不像寫實主義者那樣，必須對情欲進行嚴厲的譴責。在故事中，安排二嬸對「我」的接納，就足夠表達懺悔與救贖。

然而，朱西甯撰寫這些小說時，仍然還有另一層挖掘政治無意識的企圖。為了揭去「反共作家」的標籤，他對鐵漿時期的作品有更為露骨的詮釋：

> 〈鐵漿〉的直指家天下的不得善終，不識潮流者不唯傷及己身，尤其禍延子孫。〈狼〉的直指執迷於嫡系已出之愚，乃至內鬥內行，外鬥外行之蠢；試請你就所知或許不詳的孫案拿來對照一下看看。〈白墳〉不止是直寫孫案，多少只是不很受形式或隨規所拘束的忠貞之士，倍受逼迫乃至死而後仍不已的悲情。又如〈紅燈籠〉和權侵奪公權，誤人誤國誤文明。[19]

在反共口號高張的年代，誠然有太多的想像與情緒受到政治環境的壓抑。文中提到的「孫案」，指的是孫立人冤案。朱西甯對於這種政治冤屈，顯然心中存有不滿。在那樣背景下，去創造〈鐵漿〉與〈狼〉的故事，顯誰於表明當時他內心的挫折與憤懣。在政治領域中所難以言者，藉小說形式抒發騰胸中塊壘，應是可以理解的。然而，作者必須現身為其作品辯護，也可說明他長期以來承受過多的誤解。從這個角度來看，朱西甯的現代主義手法，誠然暗藏了高度的政治意義。

語言技藝的高度營造

如果朱西甯文學生涯中出現過所謂的「新小說時期」，那麼該是指六〇年代中期以後，他開始注意到如何挖掘文字深處潛藏的歧義性。早在經營〈狼〉與〈鐵漿〉，他就已經顯露出對文字的高度敏感。他的「新小說」特別迷人之處，乃是他把文字敘述當作一種獨立的藝術來處理。這並不意味他放棄了小說背後的思想與關懷，相反的，正是為了使故事中被壓抑的欲望與想像釋放出來，他更集語於藉用文字鍛鑄的技巧，讓敘述本身散發出無可抗拒的吸引力。

在後設小說技巧尚未蔚為風氣的年代，朱西甯就已經比其他同時期的作家更勇於挑戰不同的書寫策略。在文字運用方面，讀者當會訝異於他的敘述手法。例如〈哭之過程〉的第一段句子：「算是離亂後和平——似乎也容或是和平後的離亂，這都說很不清楚。」

19 朱西甯〈豈與夏蟲語冰？〉，〈中國時報・人間副刊〉，一九九四年一月三日，第三九版。

這種語法，顯然是要給讀者有一種時代錯置的感覺。然而，他並不就此罷手，緊接又在下一段反覆申論：「說不很清楚的離亂與和平的方位，何者在前，何者在後，以及兩者之間的界線何在。那是紋身在我們民族的年代上和版圖上的兩片水彩，然後濕到一起，找著找著，來不及的就渾糊了。」[20] 不這樣說，就不足以道盡他的時空倒錯。而那種倒錯的感覺，竟然是以顏色來描摹抽象的時間與歷史，頗為鮮明傳神。朱西甯對於色彩總是抱持著過於常人的敏感。

利用顏色的變化，刻畫小說人物的身分與心情，在更早的短篇小說〈福成白鐵號〉便嚐試過。小說開頭的敘述，立即使讀者進入狀況：「街燈總嫌亮得早了些，當城市的太陽似落未落的時候。福成白鐵號那塊亞鐵底子黑漆字的橫招牌，便在這夕陽和街燈的爭執裏，似明又似暗的拿不定是一種什麼色氣了。」[21] 以「爭執」一詞來隱喻夕陽與街燈的頡頏抗衡，襯托整篇小說中傳統與現代之間的緊張關係。在那樣早期的文學發展中，朱西甯就已經意識到使用四種不同人物的敘述方式來構造一個家族沒落的故事。全篇小說分成「老的」、「男的」、「女的」、「少的」四個部分，從老的「父親」，男的「丈夫」，女的「媳婦」，以及少的「次子」的內心獨白，窺探到一個新的時代已然到來。他們對於新社會的挑戰頗覺束手無策，在困頓中更加自我囚禁在黯淡的時光裏。夕陽隱喻著沒落的傳統，街燈影射著輝煌的現代，形成一個時代交替之際家族的尷尬景象。自始至終，全篇小說沒有對話，也沒有人物互動。朱西甯完全依賴他生動的敘述技巧，以及意義繁複的文字，而終於組合成一個時代轉型期的歷史場景。那種書寫方式，對於後設小說成為時尚的今天而言，可能不是稀罕的事。但是，回溯到六〇年代初期，各種實驗技巧還停留在嚐試階段之際，朱西甯就展現了如此上乘的演出，誠然令人訝異。

這種多角經營的技巧，開闢了一個想像豐富的時代。與其說朱西甯為台灣文學攜來了訝異，倒不如說他創造了驚喜。他的勇於實驗，改造台灣小說的敘述策略，也為後來的創作者開啟無窮的暗示。那種膽識，似乎是六〇年代小說家中相當罕見的。朱西甯以寫劇本的方式創造了一篇小說，或者反過來說，他以寫小說的方式編寫了一齣劇本。他刻意挑戰小說與戲劇之間的界線，全然依賴對白的形式來呈現故事的發展。他的短篇小說〈橋〉，是再回應當時另一位小說家舒暢的作品〈符咒與手術刀〉而完成的變體故事。[22] 完成於一九六九年的〈橋〉，依照朱西甯的說法，乃是「以小說批評小說」。這種書寫策略，對於臻於高潮的現代主義運動而言，可謂具有高度的突破。這篇小說在形

20 朱西甯〈哭之過程〉，《冶金者》（台北：三三，一九八六），頁一一一。
21 朱西甯〈福成白鐵號〉，《破曉時分》（台北：皇冠，一九六七），頁二四二。
22 朱西甯〈橋〉，《冶金者》，頁四一—六八。

式上最值得注意之處，便是使用舞台同步演出的手法，讓故事一分為二。上欄是父親與女兒的對話，下欄是母親與兒子的對話，如此比並排列，成功地讓故事以雙軌同步的節奏去發展。這種雙軌式的書寫，乃在於克服文字所無法解決的時間先後問題。僅就這個實驗技巧來說，就可看出朱西甯的匠心獨具。

最引人注目並引發議論的另一篇小說〈冶金者〉，也同樣為後來的後設小說技巧開啟全新的嚐試。[23]朱西甯並沒有為這篇小說安排確切的結局，小說中的貪婪、自私與說謊，最能呈現人性極為幽暗的一面。正因為人性是渾沌未明的，所以小說人物創造出來的故事也是似是而非。朱西甯的小說在於指出，人們太過於相信自己的智慧與判斷，從而對於任何可能發生的事件都採取一定的成見。然而，朱西甯卻故意挑戰坊間人物的智慧與判斷，為小說創造了三個可能的結局。這種開放式的結局（open-ending），既能觸探人性的脆弱，也能挖掘出事件的各種可能，從這些實驗，可以理解到朱西甯的膽識與勇氣。在六〇年代，縱然他不是嚴格定義下的現代主義者，他的前衛精神（avant-garde）置於同世代作家中絕對毫不遜色。

前衛精神與語言鍛鑄，是現代主義者的兩大特色。前者基本上是屬於形式技巧，後者則在於開發無意識世界裏的新感覺。朱西甯在語言鍛鑄方面之異於常人，並不在於切斷語法或改造句型，更不是採取西化的句子來替代既有的白話。他的迷人之處，是運用他自己熟悉的方言、俚語與白話文，提煉出一種特殊風味的敘述方式。他在置放每一個漢字時，總會考慮到每一個文字的暗示、影射、隱喻與象徵。換句話說，六〇年代的現代主義者普遍抱怨中國文字過於腐敗或貧乏之時，朱西甯反而使這些文字起死回生。因為，他依賴的不只是文字而已，而是訴諸故事敘述的多重意義。

寫於一九五八年的〈偶〉，是不可多得的佳品。[24] 從題目開始，他就展開了豐富的暗示。偶，代表雙軌之意，亦即故事本身是沿著兩條軌跡在發展。在故事裏，裁縫師是一位喪偶的男子，來店裏訂製旗袍的一對夫婦卻是怨偶。在喪偶的男子與怨偶的女人之間，傳遞著一種無可言喻的情欲。裁縫師在為這位女人量身時，肢體上的接觸透露了內心壓抑許久的欲望。但是，那種欲言又止的欲望又不能表現出來。裁縫師只能把許多過剩的想像投射在櫥窗裏的女性木偶。「偶」所帶來的種種歧義，幾乎鑑照了隱藏在社會底層的各種怨偶、喪偶與木偶的內心世界。這篇小說篇幅不大，卻拉開了五〇年代台灣社會的巨大苦悶。

直到他寫出〈現代幾點鐘〉時，朱西甯又一次把男性在情欲上的自我壓抑書寫得更

23 朱西甯〈冶金者〉，《冶金者》，頁一六七—九六。
24 朱西甯〈偶〉，《朱西甯自選集》（台北：黎明文化，一九七五），頁四三—五六。

為透澈。[25]為了逼真地寫出內心的焦躁與煎熬，他故意把句子寫得特別冗長而繁蕪，使讀者在閱讀時也產生反覆的折磨。這篇小說完成於一九六九年，台灣社會正逐步擺脫傳統農村生活，而都會生活正漸臻繁華的階段。台灣女性在性觀念慢慢解放之際，男性仍停留在故步自封的保守思想中。小說結尾的對話，顯得尤其生動。男主角問：「現代幾點鐘？」女主角回答：「二十世紀，七十年代……」。朱西甯利用迂迴、曲折、暗示的文字敘述，細緻地鏤刻女性心理的篤定安詳，同時也反襯男性在社會轉型期的不安與騷動。

探討六〇年代現代主義運動的風潮時，一般論者過於把注意力集中在美援文化對台灣文學的影響。朱西甯的軍旅生活，並沒有使他有機會與外界的西化思潮密切的接觸。如果他的小說具備了現代性，那絕對不能以簡單的推論來詮釋。這位每顆細胞都在說故事的小說家，完全憑藉他敏銳的觀察，以及他深層的思索而造就了現代主義式的作品。

正是有「鐵漿時期」的作品為基礎，才有他日後的〈冶金者〉、〈現代幾點鐘〉等等新小說的誕生。在後設小說盛行的今天，朱西甯遠在五〇年代末期，六〇年代之初就已經在實驗雙軌式或多軸式的敘事技巧。尤其像〈冶金者〉以多種可能的發展作為故事的結局，更是當時小說家裏罕見的大膽實驗。在現代主義運動到了必須重新評價的階段，朱西甯的小說技藝也應該提升到再閱讀、再詮釋的日程表上。朱西甯小說中的北方語言，晦澀而耐人尋味。這樣的聲音透過他的小說而在島上流動，使台灣文學能夠因此而獲得意外的想像。在那樣有限的篇幅裏，他以著精悍、巧思的語言創造了豐富的想像。把他的作品放回蒼白的戒嚴時期，文字魅力更加能夠放射出來。朱西甯式的語言，不易模仿，不易複製。他離去後，也帶走了獨門技藝。他的語言，他的風格，成為台灣文學的絕響。

二〇〇三年三月

25 朱西甯〈現在幾點鐘〉，《新墳》（香港：文藝風，一九八七），頁六〇——九七。

朱西甯作品出版年表

◆小說類

短篇

作品	時間	出版社
1 大火炬的愛	一九五二年六月	重光文藝出版社
2 鐵漿	一九六三年十一月	文星書店
	一九七〇年四月	皇冠出版社
	一九八九年七月	三三書坊
	一九九四年三月	遠流出版公司
	二〇〇三年四月	印刻文學出版社
	二〇一八年十月	九州出版社（簡體版）
3 狼	一九六三年十二月	大業書店

一九六六年十一月　皇冠出版社
一九八九年九月　三三書坊
一九九四年三月　遠流出版公司
二〇〇六年四月　印刻文學出版社
二〇二一年五月　北京日報出版社（簡體版）

4破曉時分

一九六七年二月　皇冠出版社
一九八九年十二月　三三書坊
一九九四年二月　遠流出版公司
二〇〇三年四月　印刻文學出版社
二〇二一年四月　河南文藝出版社（簡體版）

5第一號隧道

一九六八年十月　新中國出版社

6冶金者

一九七〇年四月　仙人掌出版社
一九七二年四月　晨鐘出版社
一九八六年十月　三三書坊
二〇二一年十二月　印刻文學出版社

7現在幾點鐘	一九七一年二月	阿波羅出版社
8奔向太陽	一九七一年十二月	陸軍出版社
9非禮記	一九七三年五月	皇冠出版社
10蛇	一九七四年七月	大地出版社
11朱西甯自選集	一九七五年一月	黎明出版社
12春城無處不飛花	一九七六年五月	遠景出版社
	一九七九年五月	三三書坊
	一九八九年三月	遠流出版公司
13將軍與我	一九七六年八月	洪範書店
14將軍令	一九八〇年一月	三三書坊
	一九九四年三月	遠流出版公司
15海燕	一九八〇年三月	華岡出版社
16七對怨偶	一九八三年八月	道聲出版社
17熊	一九八四年七月	皇冠出版社
18牛郎星宿	一九八四年八月	三三書坊

19新墳	一九八七年八月	文藝風出版社（香港）
20朱西甯小說精品	一九九九年五月	駱駝出版社
21現在幾點鐘——朱西甯短篇小說精選	二〇〇五年一月	麥田出版社
22加減乘除	二〇二一年十二月	印刻文學出版社

長篇

作品	時間	出版社
23貓	一九六六年十一月	皇冠出版社
	一九九〇年八月	三三書坊
	一九九四年二月	遠流出版公司
	二〇二一年十一月	印刻文學出版社
24旱魃	一九七〇年四月	皇冠出版社
	一九九一年三月	三三書坊
	二〇〇五年六月	印刻文學出版社

25 畫夢紀	二〇一八年十月	九州出版社（簡體版）
	一九七〇年八月	皇冠出版社
	一九九〇年七月	三三書坊
	二〇二一年十一月	印刻文學出版社
26 春風不相識	一九七六年八月	皇冠出版社
27 八二三注	一九七九年四月	三三書坊
	二〇〇三年四月	印刻文學出版社
28 獵狐記	一九七九年七月	多元文化公司
	一九八四年二月	三三書坊
29 林森傳	一九八二年六月	近代中國出版社
30 茶鄉	一九八四年十月	三三書坊
31 華太平家傳	二〇〇二年二月	聯合文學出版社

中篇

作品	時間	出版社
32 黃粱夢	一九八七年七月	三三書坊

◆散文類

作品	時間	出版社
33 鳳凰村的戰鼓	一九六六年七月	台灣省新聞處出版部
34 朱西甯隨筆	一九七五年六月	水芙蓉出版社
35 曲理篇	一九七八年九月	慧龍文化公司
36 日月長新花長生	一九七八年十二月	皇冠出版社
37 微言篇	一九八一年一月	三三書坊
38 多少煙塵	一九八六年六月	台灣省訓團

◆其他

作品	時間	出版社
39紀念朱西甯先生文學研討會論文集	二〇〇三年五月	聯合文學出版社
40台灣現當代作家研究資料彙編朱西甯	二〇一二年三月	國立台灣文學館

INK PUBLISHING
朱西甯作品集 09
加減乘除

作　　者　朱西甯
總 編 輯　初安民
責任編輯　林家鵬
美術編輯　陳淑美　黃昶憲
校　　對　呂佳真　朱天文　朱天衣　林家鵬

發 行 人　張書銘
出　　版　INK 印刻文學生活雜誌出版股份有限公司
新北市中和區建一路249號8樓
電話：02-22281626
傳真：02-22281598
e-mail:ink.book@msa.hinet.net
網　　址　舒讀網 http://www.inksudu.com.tw

法律顧問　巨鼎博達法律事務所
施竣中律師
總 代 理　成陽出版股份有限公司
電話：03-3589000（代表號）
傳真：03-3556521
郵政劃撥　19785090 印刻文學生活雜誌出版股份有限公司
印　　刷　海王印刷事業股份有限公司

港澳總經銷　泛華發行代理有限公司
地　　址　香港新界將軍澳工業邨駿昌街7號2樓
電　　話　852-2798-2220
傳　　真　852-2796-5471
網　　址　www.gccd.com.hk

出版日期　2021年 12月 初版
ISBN　978-986-387-434-8

定價　300元

國家圖書館出版品預行編目(CIP)資料

加減乘除／朱西甯 著.
--初版. --新北市中和區：INK印刻文學，2021. 12
面； 14.8 × 21公分. --（朱西甯作品集；09）
ISBN 978-986-387-434-8（平裝）

863.57　　110007621

舒讀網

國藝會出版中心
贊助出版